光文社文庫

汗《かん》血《けつ》公《こう》路《ろ》

アルスラーン戦記④

田中芳《よし》樹《き》

光　文　社

目次

主要登場人物

アルスラーン……パルス王国第十八代国王《シャーオ》アンドラゴラス三世の王子
アンドラゴラス三世……パルス国王
タハミーネ……アンドラゴラス三世の妻でアルスラーンの母
ダリューン……アルスラーンにつかえる万騎長《マルズバーン》。異称「戦士のなかの戦士《マルダーンフ・マルダーン》」
ナルサス……アルスラーンにつかえる、もとダイラム領主。未来の宮廷画家
ギーヴ……アルスラーンにつかえる、自称「旅の楽士」
ファランギース……アルスラーンにつかえる女神官《カーヒーナ》
エラム……ナルサスの侍童《レータク》
イノケンティス七世……パルスを侵略したルシタニアの国王
ギスカール……ルシタニアの王弟
ボダン……ルシタニア国王につかえる、イアルダボート教の大司教
ヒルメス……銀《ぎん》仮面《かめん》の男。パルス第十七代国王オスロエス五世の子。
アンドラゴラス三世の甥《おい》

暗灰色《あんかいしょく》の衣の魔道士《まどうし》……？

ザッハーク……蛇王《へびおう》

キシュワード……パルスの万騎長。異称「双刀将軍《ターヒール》」

告死天使《アズライール》……キシュワードの飼っている鷹《シャヒーン》

アルフリード……ゾット族の族長の娘

クバード……パルスの万騎長。片目

サーム……パルスの万騎長。ヒルメスにつかえる

ジャスワント……アルスラーンにつかえるシンドゥラ人

メルレイン……アルフリードの兄

ルーシャン
イスファーン
ザラーヴァント
トゥース
……あらたにアルスラーンにつかえるようになった者たち

イリーナ……マルヤム王国の内親王《ないしんのう》

エトワール……本名エステル。ルシタニアの騎士見習の少女

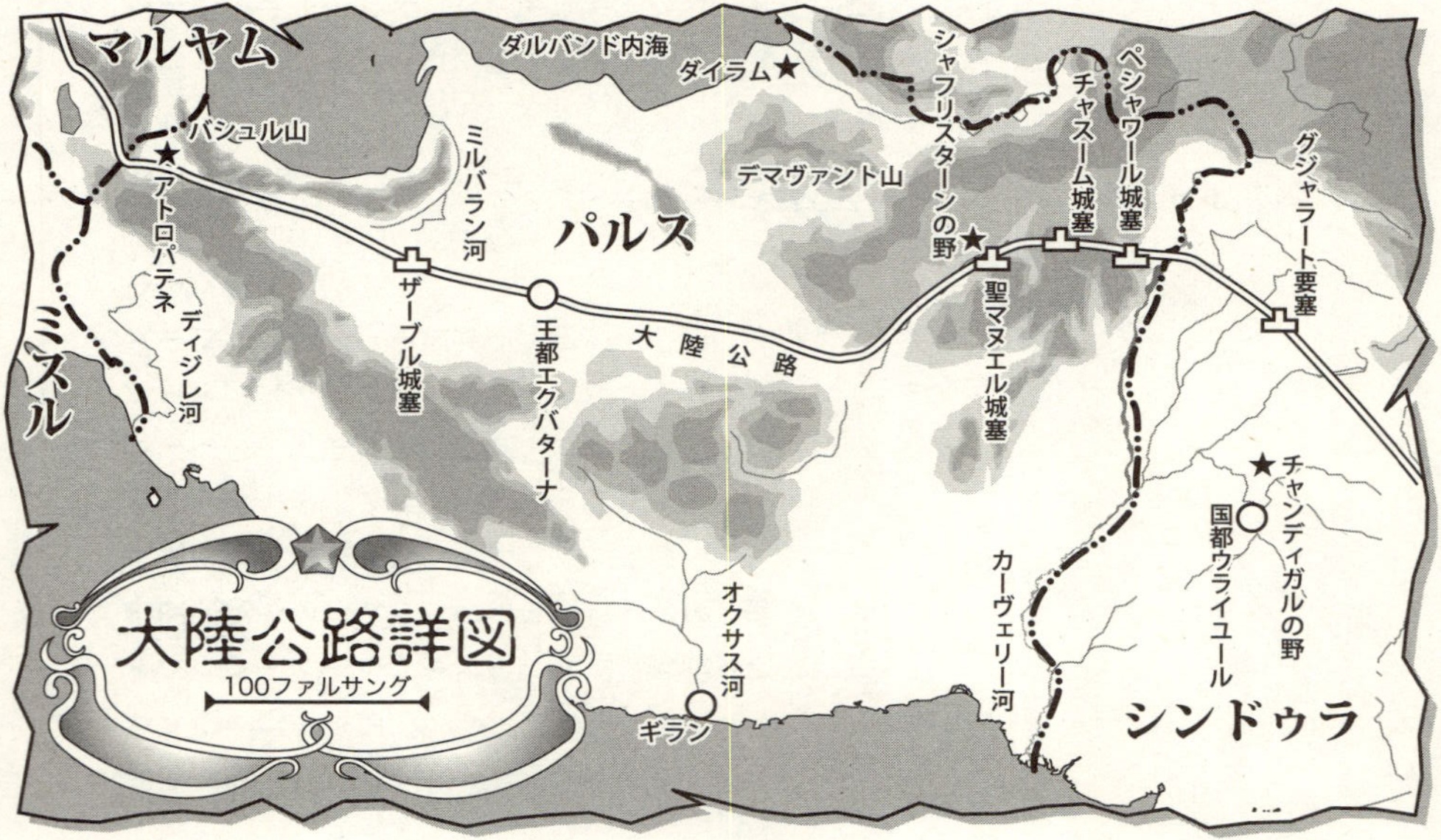
大陸公路詳図
100ファルサング
マルヤム
ダルバンド内海
ダイラム
シャフリスターンの野
ペシャワール城塞
チャスーム城塞
バシュル山
ミルバラン河
デマヴァント山
グジャラート要塞
アトロパテネ
パルス
ザーブル城塞
聖マヌエル城塞
ミスル
ディジレ河
王都エクバターナ
大陸公路
チャンディガルの野
国都ウライユール
オクサス河
カーヴェリー河
ギラン
シンドゥラ

第一章　東の城、西の城

I

パルス王国の東部国境地帯を走る幾筋かの街道は、武装した兵士と軍馬の群に埋めつくされていた。

パルス暦三二一年四月、花と蜜蜂《みつばち》の季節である。街道の両側は、アセビ、ギョリュウ、シャクヤク、ケシ、スミレ、ヒナギク、ヤグルマソウ、モモ、キンセンカなど多彩な花々の群におおわれ、馬を駆る騎士たちの甲冑《かっちゅう》に花びらが舞い散りかかって、異様な美しさをしめした。

彼らの目的は、赤い砂岩で築かれたペシャワールの城塞《じょうさい》である。ここにいま、パルスの王太子アルスラーンが拠《よ》って、国土を侵略したルシタニアの大軍に戦いを挑もうとしているのだった。檄文《げきぶん》が発せられ、ルシタニア軍の暴虐を憎みつつも採《と》るべき手段に迷っていた各地の諸侯や領主たちは、兵を集めてアルスラーンのもとへ馳《は》せ参じつつあるのだ。

彼らはペシャワール城塞の西方で合流し、川に浮橋をかけて渡り、続々と王太子のもとに集結した。

ペシャワール城塞の門は、夜明けから日没まで大きく開かれ、きらめく甲冑の群をのみこんだ。彼らの指導者たちは、広場に面した露台《バルコニー》の下に馬を立て、冑《かぶと》をぬいでアルスラーンに対する敬意をあらわしつつ、ある者は誇らしく、ある者は力みかえって名乗りをあげた。

「レイの城主ルーシャンと申す。アルスラーン殿下《でんか》の檄に応じ、ルシタニアの侵略者どもを撃ち払わんものと、まかりこしました。どうか殿下におとりつぎ願いたい」

「オクサスの領主ムンズィルの息子で、ザラーヴァントと申す者。老病の父より命じられ、アルスラーン殿下におつかえするべく参上いたしました。殿下の御意をえることがかなえば、幸いでございます」

「アンドラゴラス陛下《へいか》より万騎長《マルズバーン》たるの栄誉をたまわりしシャプールの弟にて、イスファーンと申します。亡き兄にかわり、殿下のおんために働きとう存じます。兄の仇《かたき》であるルシタニア人ども、ひとりも生かしておきませぬ」

「わが名はトゥース、南方のザラで守備隊の長をつとめておりましたが、このたび同志とともに駆けつけました。随従《ずいじゅう》をお許しあれ」

このように名乗る騎士たちが、部下をしたがえて、つぎつぎとアルスラーンのもとへ駆けつけてきたわけである。

ルーシャンは五十歳をこえた年代の、堂々たる体格と態度の人物で、頭髪もひげも濃い灰色をしていた。ザラーヴァントとイスファーンは、ともに二十代の前半である。ザラーヴァントは、ダリューンやキシュワードと並んでも見劣りしないほどの偉丈夫《いじょうふ》で、頬《ほお》にだけひげをはやしているのは、童顔をきらってのことだろう。イスファーンは中背で、塩沢《えんたく》にはえる葦《あし》のように強靭《きょうじん》そうな引きしまった身体《からだ》つきと、透きとおった琥珀色《こはくいろ》の瞳をしていた。トゥースは二十代後半で、銀貨《ドラフム》のような瞳をした、いかにも戦士《マルダーン》らしい容姿の男だった。左肩に、鉄の鎖を輪にしてかけていた。

万騎長《マルズバーン》シャプールの弟であるイスファーンには、「狼に育てられた者《ファルハーディン》」という異称があった。貴族や騎士階級の家ではよくあることだが、家の主人が奴隷の女に手をつけて子を生ませる。正妻はそれに嫉妬《しっと》して、憎い奴隷女とその子を追い出してしまう。イスファーンが二歳の冬に、彼は母親とともに山中に置き去りにされてしまった。父親は事情を知ったが、家庭に波風を立てることをいとって、そ知らぬ顔であった。

当時十六歳のシャプールが、父の無情と母の酷薄《こくはく》とを見かね、山中に馬を飛ばした。後に三十代で万騎長となったほどの男だ。十六歳でもすでに一人前以上の騎手であった。食糧と、水をつめた革水筒《かわすいとう》、寒気をしのぐための毛皮などを馬の背にのせて、ようやくめざすものを探しあてた。幼児は生きていた。母親はわが子の小さな身体を何枚も服でくるみ、自分は薄衣一枚の姿で凍死《とうし》していた。シャプールが馬から飛びおりると、二頭の狼が逃げていった。幼児が食われたのかと思ったが、狼は幼児のところに、自分たちが狩った兎《うさぎ》を置いていったのである。

こうしてイスファーンは兄の手で救われ、無事に成長した。シャプールが王都に出て武将となると、兄の代理人として故郷の家を守った。兄の死は、イスファーンを歎《なげ》かせ、かつ憤激させたが、今日まで、ルシタニア人に報復をいどむ機会をえられなかったのである。

彼らが押しあい、ひしめきつつ、どうやら広場に整列すると、露台《バルコニー》の奥の扉がひらいた。黄金の冑をかぶり、左肩に鷹《シャヒーン》の告死天使《アズライール》をのせた王太子アルスラーンが露台《バルコニー》に姿をあらわした。今年の九月で十五歳になる。晴れわたった夜空のような色あいの瞳が、見る者に強い印象を与える。

アルスラーンの左にキシュワード、右にダリューン、パルスが誇る二名の万騎長《マルズバーン》がしたがっている。制度として、パルス軍には、国王《シャーオ》と大将軍《エーラーン》の下に十二名の万騎長がいるのだが、アトロパテネの敗戦、王都エクバターナの陥落《かんらく》、シンドゥラの遠征とつづくうちに、多くが戦死し、あるいは行方不明となって、健在が確認されるのは、ダリューンとキシュワードの両雄だけであった。だが、このふたりだけでも、その威は大軍を圧するにたりるであろう。

「パルスばんざい！　王太子殿下に栄光あれ！」

ザラーヴァントが最初にとどろくような大声をはりあげた。他の諸侯や騎士もそれに唱和し、ペシャワール城の広場は地軸《ちじく》をゆるがす歓声に満たされた。無数の剣や槍《やり》が天を突きあげ、春の太陽がそれらに反射して、光の波濤《はとう》がきらめきわたった。それは昨年末、シンドゥラ王国への遠征を開始したときにまさる壮観であった。

広場の片隅で、ふたりの女性がこの光景をながめていた。

「すごいねえ」

そう感歎《かんたん》した赤みをおびた髪の少女はアルフリードである。いまひとりの女性、黒絹の髪を腰の下までのばした美女が笑いを返した。

「たしかにすごいな。あの方はパルスを望ましの王土《クシャーラ・スラ・ワルヤ》に変えてくださるかもしれぬ。それには時間神《ズルワン・アカルナ》を味方につける必要があろうが」

ファランギースが笑うと、銀色の月光が水晶の杯《さかずき》に弾《はじ》けるような、えもいわれぬ華麗さがこぼれる。ミスラ神につかえる女神官《カーヒーナ》として、また武芸の達人として、周囲から一目も二目もおかれている彼女であった。

「あたしたち、ひょっとして、歴史のたいへんな舞台にいるかもしれないんだね。ずっと後の時代にさ、吟遊詩人《ぎんゆうしじん》の歌に出てくるようなことになるのかしら」

「アルフリード、さしあたって、おぬしには、ナルサス卿との恋歌《こいうた》の行方がたいせつではないのかな」

ファランギースが好意的にからかうと、ゾット族の少女は、えらく真剣な表情で考えこんだ。

「うん、それはもちろんそうなんだけどね。でもこの春からのことを考えると、これまでのあたしの生活と、あまりにも変わってきたからね。やっぱり王太子殿下のお役に立ちたいし」

「頼もしいことじゃな。おぬしがそう自覚してくれれば、王太子殿下だけではなく、ナルサス卿にとってもよい結果がもたらされるであろうな」

さて、人が増えれば仕事も増える。それぞれの激務に追われていたナルサスとダリューンが、ひと息いれて、エラムのいれてくれた緑茶を前にしたのは、ひさしぶりのことであった。

「実をいうとな、ナルサス、おれはあまり期待していなかったのだ。これほど多くの諸侯《シャフルダーラーン》が殿下のもとに集うとは」

ダリューンがそう会話の口火を切ると、ナルサスはかるく笑った。

「おぬしがなぜそう危惧《きぐ》していたかはわかる。奴隷《ゴラーム》解放令が貴族や土豪たちの反発を買って、味方が集まらぬ、と思ったのだろう」

「そういうことだ。どう考えても彼らの得になることではないからな。殿下のお優しさと正しさはわかっても、正直、おれはおぬしがあの廃止令を明文化するとは思わなかった」

ダリューンにしてみれば、奴隷《ゴラーム》制度の廃止は、アルスラーンが国王《シャーオ》となり不可侵の権力をにぎった上で断行すればよい、と思うのだ。何も最初から正直に、こういうことをするつもりだ、と宣言する必要もあるまい。

もう一度ナルサスは笑った。

「諸侯《シャフルダーラーン》には、それなりの思惑もあれば計算もあるのさ。あの奴隷《ゴラーム》制度廃止令には、ひとつ微妙な点があってな」

ナルサスが指摘したのは、奴隷制度廃止令に記された前提条件である。パルス国内の奴隷がすべて解放され、人身売買が禁じられるのは、「アルスラーンが国王《シャーオ》として即位した後」であって、いますぐに、ということではないのだ。むろん、これはナルサスが考案したことである。ひとつには、現在の時点でそれを断行しても実質的な効果がないし、悪くすれば、奴隷制度の存続を望む諸侯が、それを条件としてルシタニアがわに走るおそれすらある。

諸侯にしてみれば、ルシタニア軍と戦うための盟主としては、アルスラーン王太子を仰ぐ以外にない。そしてアルスラーンがパルス全土を回復し、国王《シャーオ》となったとき、諸侯が財産として所有する奴隷は、すべて解放されてしまうことになる。これは諸侯にとって大いなる矛盾《むじゅん》である。

いかにパルスの国土と王権を回復するための正義の戦いといっても、その結果、自分たちが大損をするとあっては、諸侯や貴族たちが熱心になるはずがない。彼らを味方につけるためには、細工が必要であった。つまり、諸侯につぎのように錯覚させるのである。

「アルスラーン王子は、即位したら奴隷制度を廃止なさるという。だが、王子には諸侯の力が必要だ。諸侯が王子のために功績をたて、また団結して奴隷制度の存続を要求すれば、王子とて拒否はできまい。何、あわてることはない。奴隷制度廃止令など、いずれ泡となって消えさるさ……」

ナルサスの説明を聞いて、ダリューンはあきれたように友人を見やった。

「それではつまり諸侯たちをだますことになるのではないか、ナルサス。どうせ彼らの要求を容《い》れるつもりはないのだろう」

「そういう解釈が成立する余地もあるな」

人の悪い笑いかたをして、ナルサスは緑茶をすすった。

「だが、諸侯《シャフルダーラーン》が自分勝手に何を考えようとそれは殿下にご責任はないこと。殿下にとっての正しい道とは、殿下ご自身の力と徳によって、国土を回復し、旧《ふる》い時代より公正な統治を布《し》くことにあるのだからな」

改革とは、すべての人を幸福にすることではない。それまで不公正な社会制度のなかで利益をえてきた人間は、改革によって損をする。奴隷たちが自由になれば、諸侯が奴隷を所有する自由は失われる。つまるところ、どちらを重んじるか、ということである。何もかもよくなる、というわけにはいかない。

「ダリューン、おれはアルスラーン殿下には不思議な感化力がおありのように感じている」

「それについては、まったく同感だが」

「ゆえにだ、パルス国土を回復する数年の間に、諸侯が殿下のお考えに染まることもあろうと、おれは想像している。そうなればよし、ならないときには、おぬしの武勇とおれの策略とが、あらためて必要になるだろうさ」

II

兵力の膨張《ぼうちょう》は急激だった。ペシャワールの城内に人馬がはいりきれず、城外にテントを張って野営する者も多い。

ただ兵が集まればそれでよし、というわけにはいかない。十万人の兵士が集まれば、一か月で九百万食の糧食《りょうしょく》が必要になる。さらに軍馬の餌《えさ》も必要になってくる。軍隊というものは生産に寄与することはなく、物資を消費するだけであるから、本来、数を最小限度におさえるべきなのだ。

「やれやれ、兵が集まるほどに食糧も集まってくれればよいのだがな」

ナルサスは、王太子アルスラーンから正式に中書令《サトライプ》に任命されていた。これは王太子が国王《シャーオ》に代わって国政をつかさどるとき、その補佐役たる者に与えられる地位である。事実上の宰相《さいしょう》であり、他の臣下に地位は優先し、御前会議の書記役をつとめたりする、きわめて重要な役で、公文書も起草する。先だってのアルスラーンの檄文をナルサスが記したのも、中書令《サトライプ》としてであった。

中書令《サトライプ》ナルサスは、パルス王国の仮政府ともいうべき王太子府の組織化を、敏速《びんそく》にすすめた。まず王太子府を文治部門と軍事部門に分け、文治部門をさらに会計、土木など八つの小部門に分けて、それぞれの責任者を置いた。なかでも、とくに重要であったのは、会計部門を担当する責任者の人選である。

ナルサスが会計監《かいけいかん》に登用したのは、パティアスという人物で、大きな隊商《カラバン》の副隊長をしていた三十歳ほどの男である。一時的に、南方の港町ザラの役所で会計担当の書記官をしていたこともあった。ナルサスが宮廷書記官をつとめていたとき、ザラから送られてくる書類が、急にみごとな、きちんと整ったものになったので、不思議に思い、何者が書類を作製したのか調べさせたことがあるのだった。そのパティアスが、王都を脱出し、二か月がかりでペシャワール城にたどりついたので、さっそくナルサスは、彼に重大な任務を与えたのだった。計数に長じ、文書にも強く、地方や商業の実情にもくわしい、えがたい人材である。

　そういったある日、ナルサスの書類処理をてつだっていたエラムが問うた。

「ナルサスさま、アルスラーン殿下のなさることは、後の世でどう評価されるでしょうか」

「結果しだいだな」

　ナルサスの返答は冷静である。

「アルスラーン殿下が王者として成功なされば、寛厚にして信義ある人、と評されるだろう。王者として失敗なされば、諸侯《シャフルダーラーン》の忠告をしりぞけてむりな改革をおしすすめ、情に溺《おぼ》れて判断を誤った、といわれるだろう。どちらになるか、まだわからんな」

「すべては結果ですか」

「王者とは、つらいものだ。何をなそうとしたか、ではなく、何をなしえたか、によってその評価が定まる。どのような理想を持ったか、ではなく、どのような現実を地上にもたらしたか、によって、名君か暴君か、善王か悪王か、判定が下されるのだ」

「厳しいのですね……」

エラムがつぶやくと、ナルサスは、明るい色の髪を片手でかきあげた。

「だが、そのような評価のしかたは、たぶん正しいのだ、エラム」

でないと、自分ひとりの理想のために、人民を犠牲にする王があらわれる。よいことを考えたから、失敗して多くの犠牲を出してもかまわない、ということでは、民衆が救われぬ。むろん、自分の権勢と利欲のために王位を欲する者は論外である。

「だから私は王などになりたくはないな。もうすこし楽な生きかたのほうが好きだ。王者の苦労は、アルスラーン殿下にやっていただこう」

そう冗談めかしてナルサスは、また書類に目を落とした。ナルサスのじゃまをしないよう、エラムはそっと部屋を出た。

いそがしいのはナルサスばかりではない。侍衛士《じえいし》となったジャスワントは、アルスラーンの部屋の扉口《とぐち》に毛布を敷き、剣を抱いて寝るようになっていた。アルスラーン陣営の兵力が急激に膨張したため、ペシャワールの城内を、見知らぬ顔が歩きまわるようになった。そのなかに、ルシタニア軍と手をむすんだ刺客《しかく》がまぎれこんでいるかもしれないのだ。

昼の間は、ファランギースもアルスラーンの側近にいて、あやしげな者が王子に近づくのを許さない。だが、女性の身であるから、夜は自分の部屋にもどる。かつてアルスラーンの部屋の扉口で剣を抱いて寝るのは、雄将ダリューンがおこなったが、万騎長《マルズバーン》として本来の仕事がいそがしくなってきたので、ジャスワントがそれを引きついだのである。

それはよいのだが、ペシャワールの城に不案内なザラーヴァントが、夜、自分の部屋にもどろうとして路《みち》をまちがえ、アルスラーンの部屋の前まで来てしまった。あやうくジャスワントを踏みつけそうになり、頭ごなしにどなられてしまったのだ。

ジャスワントにしてみれば、これは王太子に対する忠誠心のあらわれであって、それ以外の何物でもない。ところが、ザラーヴァントからみると、この異国人は、王太子の側近であることを笠に着て、新参者をないがしろにしているように思われたのである。ジャスワントのパルス語が生硬《せいこう》で、口調がきつく感じられたことも、誤解の原因となった。ザラーヴァントは腹をたて、長靴《ちょうか》で床《ゆか》を蹴《け》りつけてどなった。

「異国人の分際で、王太子殿下の側近面《づら》をするとは、僭越《せんえつ》も度が過ぎる。とっとと自分の国へ帰って、水牛でも飼っておれ！」

痛烈な侮辱《ぶじょく》に、ジャスワントの表情がひきつった。浅黒い肌に血がのぼり、一歩すすみ出る。

「もう一度言ってみろ。無礼な奴《やつ》」

「こいつはおもしろい、黒犬が赤くなったわ」

パルス人がシンドゥラ人を侮辱するときには、黒犬よばわりするのが常であった。

ジャスワントにとって、パルス語は母国語ではない。思いきり言い返してやりたいのだが、とっさにパルス語が出てこない。大きく息を吐き出すと、シンドゥラ語で反撃した。

「やかましい！　おれが黒犬なら、きさまは何だ。そのまぬけ面《づら》は、餌を盗み食いして眠りこけている間にしめ殺されたロバも同様ではないか！」

ザラーヴァントはシンドゥラ語を解さない。だが、賞賛されているのではないことは明らかであったから、ジャスワントにおとらず、頭と顔に血を昇らせた。シンドゥラ人の若者をにらみつけ、大剣《たいけん》の柄《つか》に手をかける。

「シンドゥラの黒犬め！　文明国パルスの礼儀作法がどのようなものか教えてやるぞ。剣を抜け！」

言い終えたとき、すでに大剣は半ば鞘走《さやばし》っている。挑戦に対してひるみを見せるジャスワントではなかった。応じて剣を抜き、双方、場所もあろうに、王太子の寝室の前で一騎打におよぼうとした。

このときアルスラーンは、エラムとともにナルサスの部屋で絹の国《セリカ》の兵法書《へいほうしょ》を学んでおり、自分の寝室にいなかったので、騒ぎを知らなかった。

まさに剣と剣が撃ちかわされようとしたとき、薄暗い空気が、ひゅっと音をたてた。はっとしてジャスワントとザラーヴァントが跳びさがると、彼らの中間の床に槍が突き刺さり、長い柄《え》をゆるがせた。

槍を投じた男は、無言のまま、ふたりの視界に姿をあらわした。怒号《どごう》をあびせようとして、ふたりは一瞬声を失った。

「キ、キシュワード卿……」

ザラーヴァントが、しゃちほこばって姿勢を正した。「双刀将軍《ターヒール》」という異名《いみょう》をもつキシュワードは、ザラーヴァントにとって武神にもひとしい。ジャスワントにとっても、格上の人物である。血気さかんなふたりの間に立つと、双刀将軍は静かに口を開いた。

「王太子殿下の御意は、一同の協調と融和《ゆうわ》にある。おぬしらはすべてその旨《むね》を承知のはずだ。殿下におつかえする者どうし、無意味に血を流してルシタニア人を喜ばせることもあるまい」

「ですが、こやつが非礼にも」

異口同音《いくどうおん》に言いかけるふたりの面上を、キシュワードの鋭い視線がひとなでした。

「不服がある者は、このキシュワードが相手になろう。右手と左手で、おぬしらを同時に相手どってやってもよいが、どうだ、双刀将軍の首がとれるかどうか、やってみるか」

このあたり、キシュワードの発言には自己矛盾があり、当人もそれを承知しているのだが、威厳《いげん》といい迫力といい声価《せいか》といい、ジャスワントにもザラーヴァントにも反論を許さない。ふたりとも、しぶしぶ剣を収め、たがいの非礼をわびて引きさがった。むろん、心から仲直りしたわけではなく、それ以後も、視線があったとたんに「ふん」と顔をそむけあう仲であったが、ひとまず噴火は避けられたというわけである。

Ⅲ

「正手《せいしゅ》に混じえるに、奇手《きしゅ》を必要とするか。いつものことではあるがな」

床に十枚以上の地図をひろげ、あぐらをかいてすわりこんだナルサスが、ひとりごとのようにつぶやく。彼の反対がわにダリューンがいて、やはり地図をのぞきこんでいる。

ルシタニア人の侵入が、パルスの歴史にとって巨大な曲がり角となるのか、単なる事故で終わるか、おそらくこの一年で決まるだろう。アトロパテネの敗戦や王都エクバターナの陥落などは、悲劇であるにはちがいないが、その損害を回復する手だては、いくらでもある。ルシタニア人を追いはらった後、どのような国が旧《ふる》いパルスの上に築かれるか、そこまでナルサスは考えているのだった。

シンドゥラに遠征している間、ナルサスは、百人あまりの者をパルス国内に放って、くわしい地図をつくらせた。ひとつの道に数人を行かせて、それぞれの報告の長所をまとめるという周到さであった。

「どのような大国であろうと、地図一枚あれば、殿下のおんために、その国を奪ってごらんにいれます」

そうナルサスはアルスラーンにむかって言上《ごんじょう》したことがある。ナルサスの策略や戦法は、まるで奇蹟のように見えるが、その底には正確な状況認識と判断がある。そのために国内外のようすを知り、情報を集める。地図一枚があれば、ナルサスは、頭のなかに、正確で鮮明な風景画を描《えが》くことができるのだ。

「そのくせ、いざ本人が絵を描《か》くと、どうしてああぶざまになるのであろう。手は頭ほどに動かぬということかな」

友人であるダリューンは、おかしく思う。思いつつも、彼自身も熱心に地図を見て、ここにこう兵を伏せる、この道をたどって敵の背後に出る、と、用兵の研究にはげんだ。

「閥《ばつ》をつくってはなりません。閥は岩にはいったひびでございますから」

ナルサスはそう王太子に進言した。旧《ふる》くから——といっても昨年秋のアトロパテネ会戦以来のことであるにすぎないが、とにかく以前からアルスラーンに仕えていた者と、あたらしく仕えるようになった者とが、それぞれ閥をつくって抗争するようなことがあっては、ルシタニア軍と戦うどころではない。ジャスワントとザラーヴァントの一件以来、とくにこれは重要な課題となっていた。

「ナルサスの言うとおりだと思う。先日、ジャスワントとザラーヴァントが、味方どうし、あやうく剣をまじえるところだった。どうすれば、あたらしく来てくれた者たちに、不満を持たせずにすむだろうか」

「さようでございますな、さしあたって中書令《サトライブ》を替えてはいかがでございましょう。現任の人物は若くて貫禄がございません」

アルスラーンは、かるく目をみはり、つづいて笑いだした。現任の中書令《サトライブ》とは、すなわちナルサス自身のことではないか。

「では誰が中書令《サトライブ》にふさわしいとナルサスは思うのだ？　意見を聞かせてくれ」

「お許しをえて申しあげます。ルーシャン卿がよろしかろうと存じます。年長者でもあり、思慮分別《しりよふんべつ》に富んだお人で、諸侯《シャフルダーラーン》の人望もございます」

「ナルサスはそれでよいのか」

「これが最善かと思います」

「ではナルサスの言うとおりにしよう」

こうしてナルサスは中書令《サトライプ》の地位を、ほんの半月間でしりぞいてしまった。あらたに彼が就任したのは、軍機卿《フォツサート》の地位である。これは王太子アルスラーンに直結した軍令と軍政の責任者であって、要するに、軍師としての役割はそのままであった。地位としては、むろん中書令《サトライプ》におよばないが、戦場ではこれほど重要な職務はない。

地位など、ナルサスにとっては、どうでもよいことなのだ。ただ、軍を動かし、戦略をさだめ、戦術を行使する権限は必要なので、軍機卿《フォツサート》という地位につきはしたが、これとても、他に欲しがる者があれば譲ってやってもよかった。なにしろナルサスには、宮廷画家という理想の地位がある。

中書令《サトライプ》という地位に必要なものは、才略よりもむしろ人望である。さらに、あるていどの年齢、地位、貫禄、経験、知名度、そういったものも必要である。ナルサスの名は、知略の士として、パルス国内で広く知られているが、アンドラゴラス王の宮廷を出奔《しゅっぽん》した経緯《いきさつ》から、旧《ふる》い体質の貴族や土豪たちの中には彼を忌《い》む者も多かった。

アルスラーン陣営全体をとりまとめるべき中書令《サトライプ》が、味方から忌まれるようではこまる。ナルサスは最初から中書令《サトライプ》の地位につかなくてもよかったのだが、「地位をゆずる」という形式が必要な場合もあるのだった。

このように軍と政権が組織化されてくると、ギーヴのような男、風という馬に雲という鞍《くら》を乗せて旅をつづけてきた男には、やや居心地のよくない一面も出てくる。彼が軍将としてけっこう才幹《さいかん》があることは、シンドゥラ遠征の際に証明されているのだが、まず彼の気質として、命令したりされたりということが、めんどうでたまらないのだ。まして命令する者が、アルスラーン王太子や軍師ナルサスであるならともかく、地位が高いだけの諸侯や貴族では、役者不足というものだった。

「お前らなんぞより、おれのほうが、よほど王太子殿下のお役に立っている。後から来て、でかい面をするんじゃない」

ギーヴとしては、そういう気分がある。もっとも、そういう気分になったことに自分で気づくと、舌打ちしたくなる。自由気ままに主君などつくらず、パルスの空と風を友として生きてきた自分が、誰かの臣下として生涯を終えるというのは、いささか妙なものだと思うのだった。

ひとつ肩をすくめると、ギーヴは自室の露台《バルコニー》に出て、琵琶《ウード》をかき鳴らした。夢幻《むげん》的なまでに美しい旋律《せんりつ》が流れ出すと、気性の荒い兵士たちも遠くで耳をかたむけるのだった。

「解放王《サーシュヤント》アルスラーン」という名を、最初に口にしたのはギーヴである。この優美な外見と、したたかそうでいて屈折した内面をあわせもつ青年は、アルスラーン個人に対して浅からぬ好意と興味をいだいていたが、そのために組織の一部になり、めんどうな人間関係にからめとられるようになるのは、ごめんこうむりたい。

彼がアルスラーン以上に関心を寄せているファランギースは、「わたしはどんな環境の変化にも耐えられる」という態度で、悠々自適《ゆうゆうじてき》の風情《ふぜい》である。アルフリードは、あるときはナルサスにくっついてエラムと何かやりあっていると思うと、ファランギースにくっついて武芸を習ったり字を学んだりしている。それぞれがそれぞれの思いを胸にして、いよいよ近づく王都奪還の日にそなえているようであった。新参のイスファーンやザラーヴァントも、剣をみがき、愛馬をきたえて、出陣の日を待っている。

あらたに中書令《サトライプ》の地位をえたルーシャンは、地位めあてでアルスラーンのもとに馳せ参じたわけではなかったが、高く評価されて嬉《うれ》しくないはずがない。当然、彼は、アルスラーンに対してもナルサスに対しても好意を持ち、アルスラーン陣営全体のとりまとめという仕事に積極的に励んだ。ルーシャンが諸侯の間を調整し、説得すれば、誰もさからうわけにはいかなかった。

ナルサスの人事は、みごとに成功したわけである。ルーシャンがアルスラーン陣営の内部をかためてくれたおかげで、ナルサスはその知謀を、対ルシタニア戦の作戦をたてることに集中させることができた。そして、あるとき、ギーヴを自分の部屋に招き、なにやら相談していた。相談がまとまると、ギーヴは奇妙にさっぱりした表情で廊下に出てきたのである……。

このようにして、ペシャワール城におけるアルスラーン王太子軍の陣容が完成されつつあったとき、パルスの他の地域でも状況に変化が生じはじめていた。

Ⅳ

エクバターナ。本来は英雄王カイ・ホスロー以来、三百年以上にわたるパルスの王都であった。いまでは、昨年十一月以来、ルシタニア軍の武力占領下にある。

ルシタニア国王イノケンティス七世は、「右足を夢想の池に、左足を妄想の沼につっこんでいる」と蔭口をたたかれている男で、一国の統治者としての力量も才能も持ちあわせてはいない。もともと強大国でもないルシタニア王国が、マルヤム王国を滅ぼし、パルス王国を制圧してのしあがった功績は、王弟ギスカールに帰《き》される。

王弟ギスカールは、ルシタニアの宰相《さいしょう》でもあり、国軍最高司令官でもあって、彼がいなければ政府も軍隊も、まともに働かない。ルシタニアは、政治組織も法律制度も、まだ充分にととのってはいないので、個人の力量や手腕によりかかる部分が多かった。ギスカールが無能であったり病弱であったりしたら、ルシタニアはとうに滅びていたかもしれない。

そのギスカールは、朝食をすませた直後、兄王に呼ばれた。入室した弟を見るなり、イノケンティス王は両手をひろげてみせた。

「おお、わが愛する弟よ」

この前置きには、ギスカールはうんざりしている。この台詞《せりふ》の後には、難問がつづくに決まっているのだ。王の弟として生まれてから、今年で満三十六年を迎えることになるが、その間に千回ぐらいは聞かされた記憶がある。イノケンティス王にしてみれば、ギスカールは、じつにたのもしい難問処理役なのである。いくら愛情をそそいでも惜《お》しいことはない。ギスカールにとっては、いい迷惑だが。

弟の内心も知らず、王は言葉をつづけた。

「パルスの王党派どもが、神をも恐れぬ所業をおこなおうとしておるそうな。いったいどうすべきだと思うか、そなたは」

「それは兄上、いや、国王陛下の御心のままです」

「予の？」

「さようで。彼らと戦いますか。それとも講和なさいますか」

意地悪く問いかえす。兄王が目を白黒させるのを見て楽しむのは、よくない趣味だが、これくらいの楽しみがたまになくては、王弟などという損な役まわりをつづけてはいられない。それに、兄が目を白黒させている間に、ギスカール自身も思案をまとめることができるのだ。

「おお、よい考えがある。われらには貴重な人質がいたではないか」

「人質とおっしゃいましたか」

「そ、そうじゃ、弟よ、考えてもみるがよい。地下牢《ディーマース》にはパルスの国王《シャーオ》が幽閉されておるではないか。あの者が人質になる。あの者の生命《いのち》が惜しくば兵をひけ、と言うてやれば、やつら、手も足も出まい」

自分の名案に陶酔するようすで、イノケンティス七世は、両手をくりかえし開閉させた。その前で、ギスカールは、むっつりと考えこんでいる。王の目に、弟の表情は映ってはいても、見えてはいなかった。

兄も存外、ばかではないな。そうギスカールは思い、意外さを禁じえなかった。イノケンティス七世の発想は、ギスカールがとっくに思案していたことでもあったからだ。とはいうものの、ギスカールは、さらに一歩を進めて思案している。地下牢に幽閉されているパルス国王アンドラゴラス三世の存在は、両刃《もろは》の剣《つるぎ》なのだ。もしアンドラゴラスを殺せば、唯一の王位継承者となったアルスラーン王子のもとで、パルス軍が大同団結し、ルシタニアにとっては、かえってやっかいな結果になるかもしれない。

「どうだ、よい考えであろう、弟よ」

愛する、という形容句を使わずにイノケンティス王は言い、けばけばしい原色の服の胸をそらした。

「考慮の余地がございますな」

ギスカールは、そう答えた。アンドラゴラス王の身命《しんめい》は、ルシタニアにとって最後の切札である。うかつに使うわけにはいかない。

さらに、もうひとつ、計算を複雑にする要素がある。いわずと知れたパルス王妃タハミーネの存在である。

もともとタハミーネはルシタニア軍の虜囚《りょしゅう》であり、人質としての価値は、アンドラゴラス王に匹敵するはずだ。だが、タハミーネを人質にすることはできない。ルシタニア国王イノケンティス七世自身が、タハミーネにご執心《しゅうしん》だからである。

ギスカールから見れば、タハミーネがイノケンティス王の求愛に応じるはずがないことは、わかりきっている。あの女が、謎めいた微笑の奥で何をたくらんでいるにせよ、イノケンティス七世を真心から愛することだけは絶対にありえない。そうギスカールは思っている。だが、当のイノケンティス七世は、そう思っていない。そこが問題なのだ。

「あの女を捕えてから、すでに半年たつ。いいかげんに、あきらめればよいものを」

ギスカールはそう思うのだが、イノケンティス王には、むろんべつの考えがある。

「わがルシタニアの国が、イアルダボートの神に帰依《きえ》したのは、最初の布教から五百年後であった。予がタハミーネの心をえるのに、何年かかろうとも、あきらめはせぬぞ」

いいかげんにしてくれ、と、ギスカールは言いたくなる。兄王は現実を無視して甘い夢をむさぼっていればよいが、ギスカールのほうはそれではすまない。一国の命運をになう責任は、すべてギスカールの両肩にかかってくるのだ。

「何にしても、よろしく頼むぞ、弟よ。わしはこれから神に祈らねばならぬ」

兄の声を背中に、ギスカールは王の部屋を出た。回廊に春の陽《ひ》ざしがそそぎこまれているが、それを愛《め》でる気にもなれない。

そこへひとりの男が歩み寄ってきた。ギスカールのもとで行政の実務を処理している、宮廷書記官のオルガスである。これがまた、冬の曇り空のように陰気な表情をしていた。

「王弟殿下、いよいよ急を告げてまいりました」

「何ごとか、いったい」

「はい、用水路の件でございますが」

「ああ、ボダンめが破壊していった用水路だな。修復工事は進まんか」

オルガスの報告は、愉快なものではなかった。先だって、大司教ボダンが王都を離脱していった際、王都北方の用水路を破壊していってしまったのだ。冬の間は、どうにか王都に必要な水を確保してきたが、春から夏にむかうと、農耕に必要な水の量もいちじるしく増大する。深刻な水不足の事態が近づきつつあった。一段とギスカールの気は重くなる。

「いよいよこれから渇水期にはいります。工事の人手を増やしたいのでございますが、それがなかなか……」

オルガスは、ため息をついた。

このとき、ギスカールの心に、ひとつの考えが動いた。いっそ王都エクバターナを放棄し、王太子アルスラーンの軍に明け渡してやろうか、という考えである。

もともと、ギスカールはパルスの国土にも、エクバターナの街にも、さして愛着を持ってはいない。ボダンの手で用水路が破壊され、暑い夏にむかってエクバターナが乾《ひ》あがるようなことにでもなれば、エクバターナに執着する必要はないではないか。

エクバターナ城内に残されたパルスの金銀財宝を、ことごとく運び出し、エクバターナに火を放つ。住民も、ルシタニアの奴隷として連行する。アルスラーンがエクバターナにやってきたとき、彼が手に入れるのは、焼けただれた空っぽの街だけだ。さぞや失望することだろう。

「真剣に考えてみる価値があるかもしれんな。いったんパルスの国外に退去し、アルスラーンめが困りはてたところで、あらためて乗りこんでもよいではないか」

いずれにしても、即断即行できることではない。さしあたり工事の人手を二千人増やすよう約束してオルガスをさがらせた。

「まったく、事が多すぎる。パルスを征服して、領土以上に増えたのは厄介事《やっかいごと》ではないか。このようなはずではなかったものを」

ギスカールは、今度は誰にも遠慮することもなく、大きな舌打ちの音をたてた。用水路の修復に投入している兵士たちを呼びもどさねば、アルスラーンの進攻に対応できなくなってしまう。いずれを優先すべきであろうか。

イアルダボートの神は、どうやら忠実なる信徒に安息を与えたまわぬようであった。その日、赤黄色の太陽が中天から西へかたむきかけたころあい、西方からの伝令使がエクバターナの城門をくぐった。その時刻、まだギスカールは執務中であった。

「王弟殿下に申しあげます。過日、銀仮面卿は、叛徒《はんと》どもがたてこもりしザーブル城を陥落せしめました。一刻も早くご報告申しあげるよう命令を受け、参上いたした次第でございます」

「ほう、陥《おと》したか」

ギスカールは、かるく目をみはってうなずいた。ようやく、多くの問題のひとつがかたづいたかに思えたのである。

V

銀仮面卿という異名を持つヒルメスは、ザーブル城を包囲したまま、本格的な春を迎えていた。

最初の出撃で二千余の兵を失った聖堂騎士団《テンペレシオンス》は、それ以後、難攻不落ともいわれる要害に立てこもったままである。いろいろと誘いはかけてみたが、出撃してこない。いずれにしても、聖堂騎士団は孤立しており、彼らが自滅するのを気長に待てばよいのだが、ヒルメスとしては、そうのんびりしてはいられなかった。アルスラーン挙兵の報が、彼のもとにもとどいたのである。ヒルメスは、かつて万騎長《マルズバーン》であったサームを呼びつけて、相談した。

「サームよ、聞いたか、アンドラゴラスの小せがれのことを」

「アルスラーン殿下の挙兵のこと、聞きおよびました」

「殿下という呼称は、正統の王族に対してのみ与えられるものだ」

吐きすててから、ヒルメスは、腕を組んで考えこんだ。彼がルシタニア人どうしの抗争に巻きこまれ、荒野で城を包囲している間にアルスラーンは着々と武力をたくわえ、パルス王党派の盟主としての地位を確立しつつある。早急にザーブル城を陥し、ヒルメス自身の根拠地を確立しなくてはならなかった。彼は荒地の陽炎《かげろう》にかすむザーブル城の岩壁を見やりつつ、かつての万騎長に問いかけた。

「サームよ、岩壁の奥に閉じこもった薄ぎたない砂漠ねずみどもを、どうやっていぶし出すか、おぬしにはよい思案があろう」

銀仮面の表面に、陽光のかけらが当たって虹色のきらめきを発した。そのとき、サームは幻影のような風景を見た。亡き父オスロエス五世から王位をゆずり受け、堂々として王宮や戦場にのぞむ若い国王《シャーオ》の姿が、空中に浮かんで消えたのだ。

「思えば、この方も不幸な運命を背おわれたものだ。武勇といい、智略といい、まともに育っていれば、あるいはすぐれた国王《シャーオ》となられるであろうものを」

そうサームは思い、傷《いた》ましくも感じたが、その思いを口には出さなかった。ヒルメスが欲しているのは、畏敬《いけい》と服従であって、同情ではないことがわかっていた。サームの胸のうちを知る由《よし》もなく、ヒルメスはしばらく沈黙していたが、やがて銀仮面に手をかけた。

サームがおどろきの視線をむけた。

「ヒルメス殿下……」

「他に誰もおらぬからな。たまには空気に当てぬと、まともなほうの半面も腐ってしまうわ」

そうつぶやくと、銀仮面のとめがねをはずし、素顔を風にさらした。すでに心がまえしていたサームも、内心でややひるんだ。白い秀麗《しゅうれい》な左半面と、赤黒く焼けただれた右半面との落差は、それを知る者にとっても衝撃的なものであったのだ。

秀麗なヒルメスの左半面だけを見ながら、サームは、あらためて決意した。この方のお役に立ち、パルスからルシタニア人を追いはらって、国土と平和を回復せねばならない。できれば、ヒルメス王子とアンドラゴラス王、またアルスラーン王子との間に、無用な血が流れるのを、ふせがねばならぬ。アンドラゴラス王より万騎長《マルズバーン》の位をさずけられ、王都エクバターナの守りをゆだねられながら、任をまっとうできず、しかもみすみす生き永らえてしまった身である。自分に生命《いのち》あるかぎり、苦しい歩みをとめることはできなかった。

「ザーブル城内には井戸がなく、三本の地下用水路《カレーズ》によって飲み水をえております。その地下用水路の位置はすでに判明しておりますれば、ただちに兵士どもに土を掘らせましょう」

「水に毒を入れるのか」

「いえ、それでは後日まで、水を使えなくなります。城を占領した後、ただちに、しかも長く使えなくては、意味がございませぬ」

「たしかにそうだ。では、どうする?」

ヒルメスの問いに対して、サームは淡々と彼の考えた作戦を語った。聞き終えて、ヒルメスは大きくうなずいた。

「よし、それでよい。おぬしの策を採る」

サームに対するヒルメスの信頼は厚い。ひとたび臣下にした後、ヒルメスはサームをまったく疑わなかった。国王《シャーオ》として度量が広くありたいと思っているのであろうか。だが、同時に、裏切りはけっして赦《ゆる》さぬであろう。


ザーブルの城内では、絶対的支配者である大司教ボダンが、騎士や兵士たちに説教していた。壇上で手を振りまわし、唾《つば》をとばして声をはりあげる。

「この城は天然の要害、しかも天なるイアルダボートの神より、厚いご加護をいただいておる。邪悪な異教徒どもが侵入できるものではない。この城を本拠として、この地上に神の王国を築くのじゃ。そなたらは神の使徒として、聖戦にしたがう身。誇りもて、そしてつつしめ。神の影は、つねにそなたらの上にあるぞ」

騎士や兵士は、感動に目をうるませた。だが、むろん例外はどこにでもいる。

「何が聖戦だ。女はいない、酒もだめ、財宝も私物化してはならぬ、ときた。何がおもしろくて、こんな荒野のまんなかで、生命《いのち》をかけて戦わなくてはならんのだ」

ひそかに、そうつぶやく者もいた。だが、城を捨てる者はいなかった。城内では監視の目がきびしかったし、城外にはパルス人部隊が陣をしいている。逃亡することなど、できはしなかったのである。

説教を終えたボダンが、壇上からひきあげようとしたとき、城内の奥深くにある水場から、叫び声がひびきわたった。

「火だ！　火が流れてきた！」

その叫びの異様さに、騎士たちは顔を見あわせつつ、水場に駆けつけた。そして彼らは見た。用水路の口から、水の流れに乗って、火が燃えあがり、流れ出してくるのを。

これがサームの戦法であった。地下用水路《カレーズ》に油を流し、それに火をつけたのである。地下用水路《カレーズ》は、天井と水面との間に空気がたまっているので、火が消えないのだ。水に乗って、火はどんどん流れてくる。水場は石と木材で構成されていたが、その木材に火が燃えうつり、水場は赤と黄金色の炎を受けてかがやいた。

水場に駆けつけたボダンは、それがパルス人の策略であることをさとって、歯ぎしりした。

「おのれ、異教徒め、狡猾《こうかつ》なまねを！」

ののしったところで、事態がよくなるものではなかった。城内には煙がたちこめ、ルシタニア兵たちは、おどろきあわてた。剣を抜き、槍を取っても、相手が火と煙では、どうしようもない。

「火を消せ！　はやく火を消さぬか」

とはいっても、なまじ水をかければ火は燃えひろがるばかりである。

混乱のただなか、風を切る羽音がして、消火を指示していた騎士の顔面に突き立った。騎士は絶叫をあげて水場に転落し、火柱と水柱のなかに姿を消した。仰天したルシタニア人たちは、べつの地下用水路《カレーズ》の口からあらわれた甲冑の群を目にして、恐慌におちいった。

「異教徒どもが侵入してきたぞ！」

そう叫んだ騎士は、おどりかかったヒルメスの長剣で左肩を割られ、血と悲鳴をまきちらして倒れた。

城内に乱入してきたパルス人たちの姿を見て、回廊のなかにいた大司教ボダンは動転した。彼は多くの異教徒や異端者を、拷問《ごうもん》にかけたり殺したりしてきたが、武器を持った相手と戦ったことはない。「ふせげ、ふせげ」と声高く命令しながら、いつのまにか姿が見えなくなってしまった。だが、他の騎士たちは、狼狽《ろうばい》しつつも鞘音高く剣を抜き放っていた。

「神よ、守りたまえ！　邪教徒どもを撃ち倒す力を、われらに貸したまわんことを」

すさまじく血なまぐさい戦闘が展開された。聖堂騎士団《テンペレシオンス》は追いつめられ、守勢にまわったが、異教徒たちに降伏しようとはしなかった。口々に神の名を唱《とな》えながら、パルス人たちに斬ってかかる。剣と剣が撃ちかわされ、槍と槍がからみあい、金属のひびきは城内に満ちた。つながれたままの馬が、血の匂いと炎におびえていななき狂う。石の床に血が飛び散り、その上に死者と負傷者の身体《からだ》が倒れこむ。

「ボダンはどこにいる？　ボダンを逃がすな」

命令しつつ、ヒルメスは休みなく剣をふるいつづけた。他にどのような欠点があるとしても、「パルスの正統な国王《シャーオ》」と称するヒルメスは、絶対に臆病者ではなかった。それどころか、歴代の国王のうちでも、これほど勇猛な人物は、数すくなかったにちがいない。

聖堂騎士団員のひとりが、細い槍をくりだしてきた。ヒルメスの盾が左に動いて、その槍先をはね飛ばし、右手の剣がきらめいて、相手の咽喉《のど》を斬り裂く。べつの方向から、両手づかいの厚刃《あつば》の長刀が振りおろされる。絶妙の身ごなしでそれをかわし、相手に空《くう》を斬らせると、ヒルメスは血ぬれた剣を一閃《いっせん》させた。ハルボゼ（メロン）の実をたたき割るような音をたてて、聖堂騎士団《テンペレシオンス》の胸甲《きょうこう》が斬り裂かれ、白刃《はくじん》が胴にくいこんだ。

銀仮面の前後左右で、噴きあがる人血が赤い霧をつくった。切断された頭部が床にはね、斬り飛ばされた腕が炎と煙のなかに舞う。

ヒルメスにつづくパルス騎士たちも、それぞれの武器をふるって、ルシタニア騎士たちを撃ち倒していった。ザンデの働きは、とくにめざましかった。彼はかつてダリューンとの一騎打で完敗してから、剣の技をきわめるよりも、その剛力をより有効に生かす武器を使うようになった。いま彼が両手でふるっているのは、一本の巨大な棍棒《こんぼう》だった。樫《かし》の木でつくられ、牛の革を巻いて強化し、しかも先のほうには何本も太い釘が植えこまれていた。これで力いっぱいなぐられると、頭蓋骨《ずがいこつ》がたたき割られ、衝撃で目玉が飛び出してしまうのだ。

ザンデの周囲には、ルシタニア騎士たちの死体がつみかさねられていった。

ザーブル城の中庭で、回廊で、塔で、城壁で、怒号と悲鳴が入りみだれ、鮮血と火花が騎士たちの視界を染めあげた。

聖堂騎士団は、城内に敵が侵入することを想定していなかった。けわしい岩山、そして二重の門扉《もんぴ》。侵入されるはずがないと信じていたのである。もともとパルス軍の城であったのだが、兵糧《ひょうろう》ぜめによって開城させたので、自分たちも食糧がある間は大丈夫だ、と信じていたのであった。

信仰と勇気だけでは、パルス人たちの猛攻をささえることができなかった。誰かが叫び声をあげて、城門へとつづく階段を駆けおりはじめると、他の者もそれにつづいた。城外へ逃れようとしたのである。

VI

城門が開かれた。パルス人部隊と煙に追われて、ルシタニア人は外へ転げだした。二重の厚い扉の外には、パルスの強烈な太陽がかがやいている。暗い城内からいきなり外へ出ると、目がくらんで、すぐには何も見えない。

あとからあとから、ルシタニア人たちは城外へ押し出されてきた。整列して陣形をととのえるよう、命令が飛んだが、すぐには秩序は回復しない。陣形をつくろうとはするのだが、つぎつぎと人波が城門からあふれ出し、ごったがえすばかりだった。

「射よ！」

これはサームの命令である。別動隊を指揮していた彼は、城の出入口に、最初から照準をあわせて、弓箭隊《きゅうせんたい》を待機させていたのだ。

城外へ駆けだした聖堂騎士団員たちは、降りそそぐ矢の雨の下で、つぎつぎと倒れていく。それでも、彼らの勇気は、さほどおとろえなかった。剣をかざし、甲冑を鳴らしながら、敵陣めがけて押しよせる。

サームの戦法は巧妙だった。一時的に矢を射るのをやめさせ、兵を後退させたのである。突出する聖堂騎士団員たちの勢いを、ささえきれなくなったように見えた。ルシタニア人が前進すると、それに応じて後退する。それに吸い出されるかのように、ルシタニア人の陣列は長く伸びた。しかも、そこは、何ひとつ遮蔽物《しゃへいぶつ》のない平地であった。さらには、甲冑を着たままで、長く走れるはずもない。息をきらして立ちどまりかける。

逃げくずれていたはずのパルス兵が、いっせいに足をとめた。整然として軍列を再構築すると、突進する速度の落ちた聖堂騎士団員たちにむけて、ふたたび矢の雨をあびせる。最初の斉射で百人以上が地に倒され、他の者はあわてて盾をかざして矢の雨をふせいだ。

そこへサームを先頭とした騎兵の隊列が、横あいから突きかかった。矢の雨をふせぐために、聖堂騎士団員たちは、頭上に盾をかざしている。当然、胴体は横からの攻撃に対して、がらあきである。そこに槍や剣を突きこまれては、どうしようもなかった。

ついに信仰心も勇気も底をついた。陣形は完全にくずれ、ルシタニア人たちは逃げ散った。剣をすて、槍をすて、甲冑までぬぎすてながら散りぢりに落ちのびていく。

砂は聖堂騎士団員たちの血を吸って重く濡れていた。

ザーブル城は陥落し、城頭にかかげられた神旗は引きずりおろされた。

捕虜たちのうち、聖堂騎士団《テンペレシオンス》の主だった者は、ヒルメスの前に引き出された。傷ついて血を流し、革紐《かわひも》で家畜のように縛《しば》りあげられた彼らに、ヒルメスは問いかけた。

「ボダンはどうした？　あの半狂人の坊主はどこに隠れておる」

ボダンは生かして捕える。捕えた後、獣のように革紐で縛りあげ、荒野を徒歩のまま引きたてて王都エクバターナに連行し、ボダンと犬猿の仲である王弟ギスカールに引きわたす。ギスカールは喜んでボダンを処刑するであろう。ルシタニア人どうし、イアルダボート教徒どうしが憎みあい、俗っぽい野心に駆られて殺しあうのは、ヒルメスにとって、こころよい光景だった。

だが、百四十人にのぼる聖堂騎士団員たちは、口をわろうとしなかった。実際にボダンの行方を知らなかったからでもあるが、知っていてもヒルメスに告げはしなかったろう。

「イアルダボート神は、われらが信徒としての忠誠心をお試しになっておられる。大司教を裏ぎることはできぬ」

「ふん、お前たちの神は、試さないことには、信徒の忠誠心をたしかめることもできぬのか」

ヒルメスが冷笑すると、その騎士は、両眼に狂熱的なかがやきを浮かべた。縛られたまま、血のこびりついた顔をもたげ、酔ったように、目に見えぬ者に語りかけた。

「神よ、われらの罪をお赦し下さい。神に背く異教徒どもを地上より根絶やしにし、この世を神の王国となすために戦う、それがわれらの務めでありますのに、無能非才のわれら、邪悪なる異教徒どもに敗れ去ってしまいました。せめてこの上は、わが生命《いのち》に代えましても、ひとりでもよけいに、異教徒の数をへらしてごらんにいれます。天なる神よ、ご照覧あれ！」

信じられないことがおこった。その騎士は、起《た》つこともできぬ重傷の身であったはずだ。それが火に追われる野獣のような勢いで躍りあがり、ヒルメスに体あたりをくらわせたのである。

虚をつかれたヒルメスは、体勢をくずした。後方によろめき、甲冑を鳴らしつつ片ひざを地につきかける。間髪《かんはつ》をいれず、いまひとりの騎士が飛び出し、自分の脚をヒルメスの脚にからめて引き倒そうとした。

その瞬間、ヒルメスの長剣がおそろしいうなりをたてた。最初の騎士の頭部と胴体とを一撃で斬りはなし、ふたりめの騎士の側頭部に喰いこむ。血がほとばしり、短い絶鳴が壁に反響した。

「こやつら、ことごとく斬り殺せ！」

吐きすてるようにヒルメスは命じる。あらためて彼らを引き立てようとするザンデに、

「いや、イアルダボート神への信仰を棄《す》てると誓う者だけは助けてやれ」

だが、百四十人の騎士は、筋金いりであった。ひとりとして信仰を棄てる者はなく、ことごとく神の名を唱えつつ死んでいった。

処刑が終わると、ザンデがいささか血の匂いにうんざりしたようにたずねた。

「首級を検分なさいますか、殿下」

「もういい、狂信者どもにいつまでもつきあってはいられぬ」

「他の者どもはどういたしましょう」

「ひとりひとり首を斬るのもめんどうだ」

ヒルメスの銀仮面が鈍く光った。

「砂漠でのたれ死にさせればいい。どうせ水も食糧もなく、ことごとく死に絶えるだろう。

助かる奴がいれば、それこそイアルダボート神とやらの加護というもの。いずれにしても、おれの知ったことではないわ」

命令は、ただちに実行された。生き残ったルシタニア兵たちは、武器、馬、甲冑のすべてを奪われ、水も食糧も与えられず、砂漠に追い出されたのである。しかも、多くはすでに負傷し、治療も受けることができなかった。

彼らの総数は二万人に達した。王弟ギスカールに帰順することを誓約した一万二千人は助命された。その他の者はことごとく戦死、あるいは処刑されて、ザーブル城から聖堂騎士団《テンペレシオンス》色は一掃された。

血なまぐさい処刑が城内でおこなわれている時刻、城外、西のかた一ファルサング（約五キロ）の地を駆ける一団の騎馬の影があった。

イアルダボート教の大司教であり異端審問官であるボダンであった。乱戦のさなか、彼は城を見すて、必死に戦う騎士たちを見すてて、わずかな従者とともに、城外へ逃れ出たのである。

「おのれ、おのれ、見ておれよ。異教徒どもめ、異端者どもめ、背教者どもめ。神と聖職者をないがしろにする者どもは、ことごとく地獄の業火《ごうか》に焼きつくしてくれるぞ」

暮れなずむ空へむかって、呪詛《じゅそ》の台詞を投げつける。したがう騎士のひとりが、これからどこへ行くのかを問うと、ボダンは両眼をぎらつかせて答えた。

「マルヤムじゃ。マルヤムに行くのじゃ。かの地には、まだ充分な軍隊がおり、正しい信仰も保たれておる。かの国にて力を回復し、愚《おろ》かなイノケンティス、憎むべきギスカール、それに銀仮面の奴めを、かならず懲罰してやらねばならぬ」

こうして、多くの信心深い騎士たちを犠牲にして、自分の生命をひろったボダンは、復讐の炎熱に胸を焼きながら、西方へと落ちのびていったのである。

第二章　内海からの客

I

鉛色の波が鉛色の空を映し出している。

東の空から朝がせりあがってくる、その直前、夜の色と朝の色とが均衡した一瞬に、すべての色彩が失われるのだ。だが、すぐに朝のきらめく手が、海と空を紺碧《こんぺき》に変える。

パルス王国の東北部、広大なダルバンド内海に面したダイラム地方である。

働き者の漁師や製塩職人たちが、すでにひと仕事をすませた後、屋根と柱だけでつくられた集会所に顔をそろえ、朝のお茶を楽しんでいた。砂糖菓子や乾《ほ》したイチジクをつまみ、女房が肥《ふと》ったの、町の酒場にいい女がはいったが情夫《おとこ》がついているの、噂《うわさ》話の花を咲かせる。

ふと、ひとりの漁師が立ちあがり、水平線上に、仲間たちの注意を集めさせた。彼が指す先に、白い帆が見える。

「おい、あの白い帆は、方角からいってマルヤム国の船じゃないか」

「うん、たぶんそうだ。こりゃ最近めずらしいことだな」

パルスとマルヤムは、かつて国境やダルバンド内海の湖上支配権をめぐって争ったこともあるが、この五十年ほどは、平和な関係を維持している。大使を交換し、船と隊商によって交易をおこない、たがいの国の吟遊詩人や曲芸団も往来して、ダルバンド内海は平和の湖となっていた。

それが昨年以来すっかりとだえてしまっていたのは、むろん、マルヤムがパルスより早くルシタニアの侵略を受け、パルスとの交易どころではなくなったからである。内海の港には、税や密輸とりしまりや海難救助をつかさどる港役人たちがいたのだが、それも王都エクバターナへ引きあげてしまい、そのうちパルス自体がルシタニアに侵略されてしまって、ダルバンド内海に漕《こ》ぎ出す者といえば、漁師たちしかいなくなった。港はさびれる一方だった。

ダルバンド内海は湖ではあるが、水は塩分をふくんでいる。かつてパルスとマルヤムの両王国が、協同して測量したところ、その広さは、東西百八十ファルサング（約九百キロ）、南北百四十ファルサング（約七百キロ）という数値が出た。潮の干満もある。海岸の住民たちにとって、ほんものの海と何ら変わらない。それどころか、南部へ旅してほんものの海を見たダイラムの住民が、

「へえ、南部にもなかなか広い湖があるではないか。ダルバンド内海にくらべると貧弱なものだが」

そう感心したという話も伝えられている。これは南部の人々が、ダイラム人の無知を笑いものにするとき持ち出す話だが、ダイラム人にしてみれば、なぜ笑われるのか理解できないところである。

いずれにしても、このときダイラムの内海岸に姿をあらわしたのは、マルヤムの軍船であった。三本の帆柱の他に、百二十の櫓《ろ》を持つガレー船である。船首には、彼らのあがめる海神《ポセイドン》の像が飾ってあるが、その海神の身体《からだ》に、太い矢が突き刺さり、帆の一部も黒こげになっていた。戦いの傷あとであった。

見守る漁師たちの前で、ガレー船は舷側《げんそく》から小舟をおろした。小舟といっても、二十人ほどは乗れるであろう。水夫たちに漕がせて岸へ近づいてくると、きらびやかな甲冑をまとった中年の騎士が、パルス語で呼ばわった。

「然《しか》るべき身分の者に会いたい。われらはルシタニア人たちの手から逃れてきたマルヤムの者だ。領主なり、地方長官《シャフリーク》なり、誰かいないか」

お前たち身分の低い者は相手にしない、というのである。漁師たちは、いささか腹をたてつつも、困惑して語りあった。

「おい、どうする」

「ナルサスさまがいて下さったらなあ、どうしたらよいか指示して下さったじゃろうに」

「それそれ、ナルサスさまは王宮からも追われて、どうなさっておいでじゃろう」

ダイラムは三年ほど前までナルサスという諸侯《シャフルダーラーン》の領地であったのだが、若い領主は国王《シャーオ》アンドラゴラス三世の宮廷から追放され、領地を返上して隠棲《いんせい》してしまった。その後、ダイラムは国王《シャーオ》の直轄領となったのだが、この地方では、見たこともない国王より、旧領主のナルサスのほうに人気があった。

「そうよなあ、ナルサスさまは画家とやらになりたがってらしたが、そう簡単になれるものではなし、どこかでのたれ死んでなけりゃいいんだが」

「頭はよいし学もあったが、何といっても坊ちゃん育ちのお方だったからなあ」

「だが、まあ、エラムがついとるから」

「そうそう、あれはしっかりした子だで、ナルサスさまを餓死させることもあるまい」

旧領主に対して言いたいほうだいだが、笑いのなかに敬愛の念がこもっていた。とにかく、ナルサスがいない以上、彼の知恵を借りることはできない。彼らが自分たちで判断を下さなくてはならなかった。

「まあ、とりあえず役人に報告するか」

王都から派遣されてきている役人たちのことを、ようやく彼らは思い出した。こういうときにこそ、役人を働かせてやるべきなのである。

「それじゃ誰か知らせにいけ。あいつら、いばるしか能のないなまけ者だから、まだ寝ているにちがいないが、かまうものか、たたき起こしてやればいいのさ」

漁夫たちから知らせを受けたのは、ダイラムの地方役人たちで、あわてて内海岸へ駆けつけた。

パルスの国土は広い。エクバターナを制圧したルシタニア軍の勢威も、ダイラムにまでは未《いま》だおよばなかった。幾度か偵察隊らしきものがあらわれ、家に火を放ったり果樹園を荒らしたりはしたが、そのていどのことで、本格的な掠奪《りゃくだつ》や虐殺はおこなわれていない。だから漁師たちも、のんびりと茶など飲んでいられたのだ。

駆けつけた役人たちに、マルヤム人たちは熱心に話しかけた。

「ルシタニアの侵略者どもは、マルヤムとパルスにとって共通の敵であるはず。ともに力をあわせ、憎むべき侵略者を打ちはらい、地上に正義を回復しようではないか」

「はあ、けっこうなことでござるな」

間のぬけた返答になってしまったが、たかだか地方役人にとっては、問題が大きすぎて手にあまる。地方長官《シャフリーク》を通して王都エクバターナに報告し、指示をあおぐべきであるが、王都はルシタニア軍に占領されてしまっている。国王も王妃も行方が知れない。

ダイラムは北と西に内海、他の二方に山地をひかえ、地理的に独立性が高い地方である。内海をわたる風が雨をもたらし、土地は肥沃で作物の実りも多い。内海からは魚と塩もとれる。この地方にとじこもっても豊かに生活していけるものだから、人々の気風も、あまり深刻にならない。

「まあ、あせってもしかたない。しばらくようすを見ていれば、そのうち、どうすれば一番よいかわかるだろう」

役人でさえそういう気分になってしまい、上から下までのんびりとして、山のむこうがわで「ようすが変わる」のを待っているありさまだった。

その平穏も、ついに破れるときがきたのである。南の山越えの街道すじを見はっていた望楼《ぼうろう》で、このとき、あわただしい動きが生じていた。望楼の上にいた監視の兵が、鐘を打ち鳴らして仲間に報告したのだ。

「ルシタニア人だ！　ルシタニア兵が襲って来たぞ！」

報告というより悲鳴に近い声であった。監視の兵は、さらに叫びつつ望楼から駆けおりようとしたが、その姿をめがけて十本ほどの矢が飛来し、一本が咽喉《のど》に突き刺さった。両手を高くあげて、兵士は地上へとまっさかさまに転落していった。

II

このときダイラム地方に侵入してきたのは、ルシタニアの大貴族ルトルド侯爵《こうしゃく》の配下であった。目的は偵察と、そして掠奪である。アルスラーンの起兵が公然たるものとなって以後、王弟ギスカール公は全軍の統制を強化したが、その間隙《かんげき》をぬうように、この一隊はダイラム方面へ出かけていったのである。

内海岸を見おろす峠の上から、彼らはマルヤム船の姿を遠くに認めた。

「何と、あれはマルヤムの船ではないか。このような場所で、なつかしい姿を見ることよ」

ルシタニア兵の隊長は、声におどろきとあざけりをこめた。マルヤムはすでに征服され、反ルシタニア勢力は散りぢりになっている。ただ一隻のマルヤム船が、パルス人の内海岸に姿をあらわしたところで、流亡《るぼう》の敗残者集団でしかない。恐れる必要もなかった。

ルシタニア兵は、すべて騎馬の三百騎である。強気でいられるのは、ダイラムの内情を彼らなりに探って、この地にパルス軍が不在であることを知っていたからだった。半日がかりで内海岸の平地にたどりつくと、彼らはたちまち兇暴《きょうぼう》な牙《きば》をむき出しにした。

「焼け！　焼きはらい、殺しつくせ。異教徒はもとより、イアルダボート教の信徒でありながら、神のご意思に背き、異教徒どもと誼《よし》みを通じた奴ら、生かしておくな」

命令されるまでもない。ルシタニア兵は口々に喊声《かんせい》をあげ、乗馬に拍車をかけた。ダイラムの人々にとって、悪夢の刻《とき》がはじまったのである。

ルシタニア兵は村に駆けこみ、逃げまどう人々を殺戮《さつりく》しはじめた。老人の背中を槍で突きとおし、マルヤム人らしい女の首すじに剣を撃ちこんだ。血がしぶき、悲鳴があがり、それが侵略者たちをさらに興奮させた。

泣き叫ぶ赤ん坊の身体《からだ》が宙に放りあげられ、落ちてくるところを槍で突き刺された。「悪魔に魂を売った邪教徒ども」に対する、これがルシタニア兵のやりくちだった。彼らの神にさからう者に対しては、どんな残虐なまねをしてもよいのだ。家々に火が放たれる。火に追われて飛び出してくる者は、戸口で矢につらぬかれて倒れていった。

血に酔った彼らの高笑いが、にわかにとだえたのは、街道をゆったり騎行してくる旅人の姿に気づいたからである。甲冑を着てはいないが、腰にぶらさげた長大な剣は、ルシタニア人たちの関心をひきつけた。

旅人の年齢は三十歳をすぎたあたりであろう。鍛《きた》えあげたたくましい長身の持主で、黒っぽい髪は、もうすこし伸びれば獅子《シール》のたてがみのように見えるにちがいない。荒削《あらけず》りの鋭い顔だちは、ゆったりとした笑いをたたえた口もとで、やわらげられている。そして左眼は一文字につぶれていた。

かつてパルスの誇る万騎長《マルズバーン》であったクバードであった。当人は、「隻眼《せきがん》の獅子」などと自称することもあるが、もっぱら「ほらふきクバード」の異名で知られている。いずれにしても、現在の彼は、主君も持たず地位もない流浪の旅人である。

先だって、旧友のサームを介してヒルメスにつかえる機会があったが、どうもその気になれなかった。ヒルメスとは性があわぬようであった。そこで、東方国境で兵を集めているアルスラーン王子のもとへおもむこうとしているのだが、アルスラーンと性があうという保証もない。とりあえず、会うだけは会ってみるつもりである。

本来、西へとむかっていた彼が、西北へと道をたがえてしまったのは、もともと付近の地理にくわしくない上、街道の標識をルシタニア兵が破壊してしまったからである。気づいたときには、ダイラム地方にはいりこんでしまい、正しい道すじにもどるには、山脈をふたつほど越さねばならなかった。それはそれでしかたないが、このところいい酒と女にめぐりあえずにいるので、どちらか一方でもめぐりあってからのことにしよう、と思って、そのままダイラム街道を馬に乗ってやってきたのだった。

不審な旅人の行手を、ルシタニア騎士たちはさえぎった。

クバードは、恐怖や不安と無縁の表情をしていた。ひとつしかない眼に、むしろ愉快そうな光をたたえて、ルシタニア騎士たちを見わたす。

「きさまは何者だ、どこへ行く」

ルシタニア騎士たちが血走った目で詰問したのも、むりはない。クバードの人相といい、腰の大剣といい、農夫や商人にはとても見えなかった。

「ふん、どうやらこのところ神々に見離されているらしいな」

クバードはつぶやいた。美女のかわりに荒々しい男ども、酒のかわりに血が、彼の前には用意されているようであった。それならそれでかまわぬ。クバードは、早口のパルス語をルシタニア騎士たちに放りつけた。パルスの神々を信仰せぬ蛮人どもにかわって祈ってやったのである。そして、言い終えると同時に、大剣の鞘をはらっていた。

剣光《けんこう》一閃。ルシタニア騎士の首は、噴血で空をたたきながら、胴から飛び去っていた。

斬撃《ざんげき》のすさまじさに、他のルシタニア騎士たちは声をのんだ。

加害者の声は、悠然《ゆうぜん》としていた。

「夕べ寝不足だったのでな、温厚なおれも機嫌がよくないのだ。おぬしらにとっては、生涯で最後の不運というわけさ」

クバードのパルス語は、ルシタニア人にとって、半分も理解できなかった。だが、彼の意思は、すでに行動によって明らかであった。神の使徒たるルシタニア騎士に、この男はさからおうとしているのだ。

剣と盾、甲冑と人体が、激しくぶつかりあい、血と悲鳴が滝となって地表を打った。片目のパルス人はルシタニア人にとって、災厄《さいやく》そのものであった。大剣は風の一部と化して、すさまじい速さで敵を襲い、草を刈るように撃ち倒した。数頭の馬がたちまち騎手を失い、いななきをあげて逃げ出す。

いくつかの出来事が、このとき同時に発生していた。クバードはその豪勇によって、ルシタニアの人口を減らしつつあった。その血なまぐさい光景を遠くから見て、五、六騎のルシタニア兵が、仲間を助けようと思いたった。彼らは丘の上におり、前方に崖《がけ》があったため直線路をとって駆けつけることができなかった。そこで馬首《ばしゅ》をめぐらし、ゆるやかな斜面を駆け下り、街道を迂回《うかい》して仲間のもとへ行こうとした。そして街道におりたところで、白鹿毛《しろかげ》の馬に乗った旅装の男にぶつかってしまった。赤みをおびた髪に黒い布を巻いた十八、九歳の若者であった。

「どけ、孺子《こぞう》！」

ルシタニア語の怒声は、その意味よりも、高圧的な雰囲気で、若者をむっとさせたらしい。無言のまま、腰にさげていた大山羊《おおやぎ》の角笛《つのぶえ》をとりあげると、まさに傍《わき》を駆けぬけようとした騎士の顔前に、それを突き出したのだ。

角笛の一打で、鼻柱を砕かれたルシタニア騎士は、短い悲鳴を放って、鞍上《あんじょう》からすっ飛んだ。騎手を失った馬は、速度を落とさず、若者のそばを走りぬけていく。

「何をするか、きさま！」

残るルシタニア騎士たちは、いきりたった。数を頼み、白刃をかざして若者にせまる。

機敏そうな若者は、包囲されるのを待ってはいなかった。すばやく手綱《たづな》をひくと、馬首を転じて走り出す。走り出したのであって、逃げ出したのではない。そのことは、たちまち明らかとなった。猛然と追いすがって白刃を振りおろそうとしたルシタニア兵は、若者の鞘から走り出た閃光が、低い位置から襲いかかってくるありさまを見た。

ルシタニア兵は、胸から左肩へかけて一刀に斬りあげられ、血煙《ちけむり》をあげてのけぞった。血と悲鳴をまきあげて地面にたたきつけられたとき、逃げくずれてくる仲間の馬蹄《ばてい》が近くにせまっていた。クバードひとりに斬りたてられ、戦意を失って逃げ出してきたのだ。

混乱が渦を巻いた。それがおさまったとき、その場に残されたのは、強い血の匂い、そして、死んだ十人のルシタニア人と、生きているふたりのパルス人だけであった。

Ⅲ

「おれの名はクバード。おぬしは？」

「メルレイン」

クバードの名乗りに短く若者は答え、いささか愛想がないと思ったか、身分を明かした。

「ゾット族の族長ヘイルターシュの息子だ」

「ほう、ゾット族か」

パルスの中部から南部にかけて勢威をふるう剽盗《ひょうとう》の一団である。その名を、クバードもむろん知っていた。

「で、こんな場所で何をしている」

「妹を捜している。妹を見つけぬことには、おれは故郷に帰れぬ」

昨年の秋の終り、ゾット族の族長ヘイルターシュは、娘のアルフリードをともなって、ひさびさの掠奪行に出かけていったのだが、予定の日数をすぎても帰ってこない。わずかな部下をひきいて捜索に出かけたメルレインは、旅の二日めに、荒野で、父と一族の者の遺体を発見した。正体不明の遺体もあり、おそらくその地で激しい戦いがおこなわれたようであった。だが、アルフリードの遺体は見つからなかった。父の遺体を運んだメルレインは、つぎの族長を選出するという一族全体の問題に直面した。

「では、おぬしが族長になればよいではないか」

「そうはいかぬ。親父《おやじ》は遺言をのこしていた。アルフリード、つまりおれの妹が婿《むこ》を迎えてつぎの族長になるように、とな」

「なぜ男児たるおぬしが無視されたのだ」

「親父はおれをきらっていた」

「可愛《かわい》げがないからか」

冗談のつもりであったのだが、クバードの一言はメルレインの胸に刺さったらしく、すぐには返答がなかった。ぐいっと唇をひき結んでいる。それがあまり極端なので、不平満々で謀叛《むほん》でもたくらんでいるような表情に見えてしまうのだ。唇の両端がさがり、中央が持ちあがって、何とも危険な表情になってしまう。もともと秀麗《しゅうれい》といってもよい顔だちだけに、いっそうその印象が強まる。

「何だ、その面《つら》は！」

と、酒に酔った父親になぐられたことが、メルレインは何度もある。妹のアルフリードが見かねてとめにはいり、兄といっしょに、父親の片手で吹っとばされてしまった。

酔いからさめると、ヘイルターシュは、娘をなぐったことを後悔するのだが、息子をなぐった件については、いっこうに悪びれなかった。メルレインの知勇については認めたものの、人望がないから族長にはなれぬ、と、広言していた。

それやこれやで、父が死んだ後、メルレインは妹アルフリードを故郷へつれ帰るか、妹がすでに死んでいるという証拠を持ち帰るか、どちらかを果たさなくてはならなかった。彼が族長となるにしても、その後のことなのである。

メルレインの事情が、いちおう明らかにされたとき、ふたりの旅人に、あらたな徒歩の一団が近づいてくるのがわかった。一瞬、彼らは、鞘におさめた剣をふたたび抜きかけたが、すぐに緊張をといた。それは彼らふたりに、結果として救われることになった人々の集団だった。パルス人とマルヤム人がいりまじって、ダイラムなまりのパルス語と、マルヤムなまりのパルス語で話しかけてくる。

なかに、中年のマルヤム騎士の姿があった。顔の下半分を黒いひげでうずめた痩せた男は、かたくるしいパルス語で、自分たちの船に来てくれるようにと申し出た。

もともと旧知でも同行者でもないふたりのパルス人が、なりゆき上しかたなく、ダルバンド内海の岸までやって来ると、マルヤムの軍船からおろされた一艘の小舟が、これまたちょうど岸に着いたところだった。着かざったマルヤム人の女性が、クバードたちを迎えた。

　女性といっても、六十歳はこえているだろう。頭髪は白くなっているが、肉づきがよく、肌にはつやがあり、腰もまがってはいない。気力も知恵も充分にありそうだった。

「はじめてお目にかかります。勇猛なパルス騎士のかたがた」

「おぬしは？」

「わたしはマルヤム王宮の女官長で、ジョヴァンナと申します」

　女王と名乗られても違和感はおぼえなかったであろう。堂々たる貫禄の老婦人である。パルス語もたっしゃなものだ。単に女官長というだけでなく、より大きな実力を持っているように思われる。

「それで、女官長どのが何のご用かな」

「あなたたちに助けていただきたいのです」

　どうやって、と問おうとしたとき、クバードたちを案内してきた中年の騎士が、何やらえらそうに尋ねた。

「これまでずいぶん敵を殺しただろうな」

「さよう、獅子《シール》を百頭、人間なら千人、竜を三十匹」

　にこりともせずに言ってのけると、クバードは思いだしたようにつけ加えた。

「昨夜も十匹ばかり殺した」

「竜を!?」

「いや、沼の近くで寝たので、蚊が多くて」

人をくった笑いを浮かべる。マルヤム人騎士は、からかわれたことに気づいたらしい。むっとした顔色で何か言いかけたが、女官長のジョヴァンナがそれを制して問いかけた。

「それほど波乱にみちた人生を送ってきたなら、いまはさぞ退屈でしょうね」

「なに、そうでもない。飲むべき酒と、愛《いつく》しむべき女と、殺すべき敵とがいれば、生きていくのに退屈せずにすむ」

クバードがマルヤム人たちと会話をかわしている間、メルレインは、むっとした表情のまま遠くを見つめて、話しかけられるのを拒絶していた。

女官長は説明をはじめた。

もともと、マルヤムはルシタニアと同じく、イアルダボート教を信奉している国である。マルヤム人とルシタニア人は、同じ唯一の神のもとに、平等な同胞であるはずだった。だが、イアルダボート教はいくつもの宗派に分かれており、ルシタニアの「西方教会」と、マルヤムの「東方教会」とは、四百年にわたって対立をつづけていた。

対立とはいっても、これまでは論争や中傷合戦にとどまり、仲が悪いなりに外交や貿易もおこなわれてきたのだが、二年前に大いなる破局が生じたのだ。

にわかに国境を突破したルシタニア軍は、わずか一か月の間に、マルヤムのほぼ全域を制圧してしまった。王弟ギスカールの周到な準備とすぐれた実行力が、それを可能にした。マルヤム国王ニコラオス四世がまた、一度も戦場にあらわれず逃げまわるだけの惰弱《だじゃく》な男であった。国王と王妃エレノアは、王宮に軟禁されてしまった。彼らは生命だけは救われる約束で、降伏文書に署名した。

だが、ルシタニア人たちは、約束を破った。最強硬派である大司教ボダンにそそのかされた聖堂騎士団《テンペレシオンス》は、一夜、マルヤム王宮を包囲し、脱出路をふさいだ上で、火を放ったのである。

「神それを欲したまわば、事はなれり。欲したまわざれば、ならざるなり」

ボダンが得意とする論法であった。マルヤム王が生きるも死ぬも神のご意思しだいだというのである。もしマルヤム国王に神の恩寵《おんちょう》があれば、奇蹟がおこって、ニコラオス夫妻は助かるであろう。

むろん、奇蹟はおこらなかった。マルヤムの王と王妃は、焼死体となって発見された。

ルシタニア王弟ギスカールは激怒した。彼は惰弱なマルヤム国王に同情したわけではなかったが、政治の最高責任者が約束したことを、宗教指導者が破ったのでは、今後、ルシタニアの外交は、各国に信用されなくなってしまう。

ギスカールとボダンがもめている間に、国王夫妻の長女であるミリッツァ内親王《ないしんのう》と次女のイリーナ内親王は、わずかな部下に守られて脱出し、ダルバンド内海の西北岸にあるアクレイアの城に逃げこんだ。

「わたしたちは二年間、その城にこもって、ルシタニアの侵略者たちと戦いつづけました……」

城の東は海、西は毒蛇が棲《す》む沼地、北は断崖《だんがい》になっており、大軍が展開できるのは南だけである。その自然的条件に応じて、城壁も南がわがひときわ高くなっている。城門の扉も二重になっており、しかもそこを通過すると、ふたたび門がある。高い壁に囲まれた広場に突入した敵は、進むこともできず、にわかに退くこともできず、城壁の上から矢の雨をあびせられてしまうのだ。

二年後に、ルシタニア軍は、ようやく城を陥落させた。それも攻撃によってではない。「裏ぎって開門すれば、生命を救い、地位と財産をくれてやる」と約束し、城内の者に内通させたのである。

二年間も籠城をつづけていれば、気力が衰えてしまう。内通者たちは一夜、攻囲のルシタニア軍としめしあわせ、城内の各処に火を放った。混乱と流血の末、妹のイリーナを船に乗せて脱出させると、姉のミリッツァは塔から身を投げた……。

「そして五日にわたる船旅の後、ようやくこの地についたのです。ところが、ここにまでルシタニア人の魔手が伸びていました。お気の毒なイリーナ内親王をお助けして、ルシタニア人どもを討ってほしいのです」

IV

どうかマルヤムの王女を救ってくれと頼まれて、クバードは、快諾《かいだく》はしなかった。

「やれやれ、パルスを再興しようという王子さまがいるかと思えば、マルヤムを再建しようという王女さまもいる」

皮肉っぽく、胸のなかでつぶやいた。

「そのうち、この世界は、国を建てなおそうとする王子さまと王女さまでいっぱいになってしまうだろうよ。ルシタニアが滅びれば、今度はルシタニアを再興しようという王子さまがあらわれるに決まっている」

クバードという男は、奇妙に、物事の本質の一部が見えるらしい。大局的に見れば、かつてパルスもマルヤムも他国を滅ぼし、その王を殺したことがある。因果はめぐるのだ。

とはいうものの、無法な侵略者であるルシタニア人を、でかい面で横行させておくのは、おもしろくはない。ルシタニア人がルシタニア国内ででかい面をするのは彼らの勝手だが、ここはパルスである。さまざまに欠点はあるにせよ、それはパルス人の手で改革されるべきであって、ルシタニア人が流血によっておこなうべきではない。

いずれにしても、ここでマルヤム人たちの願いをしりぞけることはできなかった。ダイラム地方の民も、目前の敵を倒すため、助力を必要としている。

しりぞける気はなかったが、クバードとしては、ほいほいと相手の要請に応じる義理もなかった。

「肝腎の、マルヤムの内親王殿下は、どう考えておいでなのだ。ルシタニア人どもを、たたきのめすならたたきのめすで、殿下のお口からその旨をうけたまわっておきたいものだ」

クバードの片目が、軍船に向けられると、マルヤムの女官長と騎士は視線をかわしあった。

垂れ幕が左右に開かれると、船室に光がさしこんだ。天鵞絨《ビロード》を張った豪奢《ごうしゃ》な椅子に、イリーナ内親王は座して、ふたりのパルス人を迎えた。

内親王の顔は、濃い色調のヴェールによって隠されていた。淡紅色を基調とした絹服からは、あわい香料の香がした。

「王族ともなれば、下賤《げせん》の者に、うかうか顔は見せられぬというわけか」

先日会って別れたヒルメス王子が、銀色の仮面をかぶって顔を見せようとしなかった、そのことをクバードは思い出す。ヴェールがゆれ、澄明《ちょうめい》な声が流れ出してきた。マルヤムなまりがほとんどない、りっぱなパルス語であった。

「パルスの将は勇ましく、兵は強いと聞きおよびます。その力を、ぜひわたしたちに貸していただけませぬか」

「強いだけでは何の役にも立たぬさ」

クバードの返答には、愛想がなかった。強さに自信を持つことと、強さに安住して勝つための努力をおこたることとは、まったく異《こと》なるものである。半年前、アトロパテネの敗戦において、クバードだけでなく、パルス騎士のおそらく全員が、そのことを思い知らされたのであった。

パルスとルシタニアの戦いは、一方的に侵略してきたルシタニアが悪いに決まっているが、敗れたパルスに油断と増長があったことも事実である。友邦《ゆうほう》マルヤムが理不尽に侵略された時点で、充分な用意をしておくべきだったのだ。

「ま、いまさら言っても詮《せん》なきことか」

クバードは話題を変えた。ここでルシタニア兵と一戦まじえるのはしかたない。公言しているように、戦いはもともと好きなのである。しかし、生命《いのち》がけでやる仕事に対しては、相応の謝礼がもたらされて当然のはずであった。

「まあ先のことはわからんが、いま燃えている火は消してさしあげよう。ただ、この節は、水も無料《ただ》というわけにはいかんが」

「謝礼がほしいと申すのか」

非難がましいマルヤム騎士の目つきを、クバードは、にやりと笑って受けとめた。

「貧乏人を助けたときは、形のない善意だけを礼にもらってすませることもある。だが、金持ちを相手に、礼はいらないなどというのは、かえって失礼だろう」

「なぜ、わたしどもが金持ちだと……？」

「絹服を着ている貧乏人なんていねえよ！」

吐きすてるように、はじめてメルレインが口をはさんだ。それまで彼は、軍船にもかかわらずマルヤム風に贅《ぜい》をつくした船室内の調度を、はなはだ非好意的な目つきでながめまわしていたのだ。

「世の中には、幼い子を育てるため、でなければ重病の親を救うために、身を売る女がいる。そういう女なら、頼まれなくても救ってやるさ。だが、金を持ってるくせに礼はしたくない、なんて奴を助ける義理はねえよ」

メルレインの視線を、ヴェールごしに突き刺されて、王女は無言だった。

「貴顕淑女《きけんしゆくじよ》という奴らを、おれが好きになれんのは、奴らは他人に奉仕してもらうことを当然だと思っているからだ。兵士が死ぬのも当然、農民が税を収めるのも当然、自分らが贅沢《ぜいたく》をするのも当然だと思っていやがるんだ」

メルレインは長靴の底で床を蹴りつけた。

「それに、世の中には、けっこうあほうがいやがる。奴隷《ゴラーム》や自由民《アーザート》が苦しい目にあうのは当然だが、王族や貴族が苦難にあうのは傷ましいと思っているのさ。奴隷が餓死するのを平然と見殺しにする奴が、国を追われて飢えている王子さまには食物をめぐんでやったりするんだ。だけどな、民衆を置き去りにして、財宝だけはしっかり持って逃げ出すような奴らを、何だって無料《ただ》で助けてやらなきゃならないんだよ！」

「気がすんだか？」

おだやかにクバードが問い、息を切らしてメルレインは黙りこんだ。一瞬の空白は、マルヤムの女官長ジョヴァンナによって破られた。彼女は謝礼の具体的な条件を持ち出し、それをもとに交渉がおこなわれた。

「よかろう、契約は成立した。偉大なる契約神、ミスラの御名において」

「イアルダボート神の御名において」

パルスの騎士と、マルヤムの女官長とは、まじめくさって契約を確認した。たがいの神が、どのていど信用できるものか、内心でかなりの疑いをいだきながら。

V

夜を待ってルシタニア人がふたたび来襲するであろうことを、クバードは予測していた。万騎長《マルズバーン》であれば、そのていどの戦術的な予測はつく。ルシタニア人は、まだ二百九十騎ほどの戦力を残しているし、こちらにはたったふたりが加わっただけのことだ。一度追いはらわれて、おめおめと引きさがるわけにはいかないだろう。

「奴らはかならず火を放ってくる。民衆を動揺させるため、そして自分たちの目印にするためにな。地理に自信がないから、街道を進んでくるのもまちがいない。そこでだ」

クバードにとっては、アトロパテネで敗れて以来の戦闘指揮である。あのとき、クバードには精鋭の騎兵一万がしたがっていた。いまでは、マルヤムの敗残兵と、ダイラム地方の農民や漁夫や小役人、あわせて三百人。

「これはこれでおもしろいさ」

そう思いつつ、戦いなどに縁のない人々を各処に配置し、指示をたたきこむ。目の前で妻子を殺された男たちは、捨て身の復讐心に燃え、戦意は旺《さか》んである。クバードの指示さえ厳守すれば、なまじ戦いにすれた兵士より、頼みになるかもしれない。

黒い布を頭に巻いたメルレインは、峠から内海岸へとつづく街道に、材木を組んだ柵《さく》をつくらせ、その手前の地点に魚油をまかせ、さらにその上に自分の手で黒い薬をまいた。それはゾット族が大規模な隊商を襲うときに使う武器で、油脂《ゆし》と硝石《しょうせき》と硫黄《いおう》と木炭、それに三種類ほどの伝来の秘薬を調合したものだった。大量の火と煙を発生させ、はじけるような音も出す。魚油と組みあわせれば、火術にもってこいの役をはたすだろう。マルヤムの王女に不満と怒りをたたきつけて気がすんだのか、黙々と彼は自分の仕事にはげんだ。

細い月が夜空の中央にぶらさがった時刻、闇の中から馬蹄のひびきが湧きおこった。ルシタニア騎士たちの反撃が開始されたのである。

三百頭近い馬の蹄《ひづめ》が、地を撃って近づいてくる。腹にひびくような音だが、一万騎の長であったクバードにとっては、そよ風ていどにしか感じられない。

闇の中に、小さな光がいくつかともった。夜気を裂いて、火矢が飛ぶ。木の梢《こずえ》や、材木に火矢がからまり、赤く黄色く炎をゆらめかせると、近くに迫ったルシタニア騎士の甲冑に火影《ほかげ》が反射して、不気味な光景を闇に浮きあがらせた。その瞬間、メルレインの放った火矢が、地面に突き刺さっていた。

状況が一変した。火は薬と魚油に引火し、めくるめく炎の幕となって、突進してくるルシタニア騎士たちの眼前に立ちはだかったのだ。

「わああっ……！」

「おおう、これは……！」

馬がさお立ち、騎士が地上に投げ落とされる。火が爆《は》ぜ、たてつづけの音響が耳をしびれさせた。馬はいななき、荒れ狂い、騎手たちの制止もままならない。

「散開せよ！」

隊長らしい騎士が叫ぶ。落馬をまぬがれた騎士たちが、その命令にしたがい、左右の方角へ馬首《ばしゅ》を向けかえて走り出す。このとき、落馬した騎士の幾人かが、気の毒なことに、味方の馬蹄にかかって生命を失った。

そんなことにかまってはいられない。わずかな月明かりを頼りに、ルシタニア騎士たちは、べつの道を走り、異教徒たちの背後にまわりこもうとした。

だが、クバードとメルレインがつくりあげた罠《わな》は、二重三重の構造を持っていた。迂回して夜道を駆けぬけようとした馬が、つんのめって倒れる。道を横ぎる形で、綱が張られていたのである。騎士たちは鞍から放り出され、宙を飛んで地にたたきつけられた。うめき、あえぎ、苦痛と甲冑の重さに耐えながら起きあがりかけると、漁に使われる網が投げかけられてきた。

網をかぶってもがきまわるルシタニア兵の頭上に、なまぐさい液体が振りかけられた。魚油である。ののしりわめきつつ、網から脱出しようとしかけたところへ、火矢が放たれた。魚油に引火して燃えあがる。

絶叫があがり、火だるまになったルシタニア兵の身体《からだ》が路上にはねた。残酷といえば残酷な戦法である。だが、昼間、妻や子を虐殺されたダイラムの民は、容赦《ようしや》しなかった。手に棍棒を振りかざして駆けより、火だるまのルシタニア兵が動かなくなるまでなぐりつける。

べつの道に駆けこんだルシタニア兵は、樹上から光るものが降ってくるのを知ったが、べっとりとくっつくだけなので、かまわず駆けぬけた。彼らは、前方にひとりの騎士の姿を見た。マルヤム風の甲冑を身に着けた片目の男。むろんクバードであった。

狭い道である。クバードの左右にまわるわけにはいかず、ルシタニア騎士たちは、片目の男と正面から一対一で戦うはめになった。

「異教徒め！　こざかしいふるまいの数々に、報いをくれてやるぞ！」

長槍をかまえて、最初の騎士が突進する。充分な余裕をもってそれをかわすと、クバードは、至近距離に迫ったルシタニア騎士の頸《くび》すじに、横なぐりの一刀をたたきつけた。異様な音を発して首がすっ飛び、甲冑につつまれた胴は、重々しいひびきとともに地を打った。そのとき、すでに、ふたりめの騎士が、右肩から左脇まで斬り裂かれている。

クバードは大剣を垂直に振りおろし、水平になぎ、ななめに払い、それらの連続した動作を多量の人血でいろどった。撃ちかわされる剣のひびきが、クバードの耳を乱打した。やがて絶望の叫びがあがり、隊長だけを残して、他の騎士は逃げはじめた。

残されたルシタニア騎士の隊長は、名のある男であったにちがいない。クバードを迎え撃ったとき、動きに乱れがなかった。味方を逃がすためであろう、むしろ自らすすんで、クバードの大剣に身をさらしてきた。十数合《ごう》にわたって、刃鳴《はな》りがつづき、火花が散乱した。だが、根源的な力量の差は大きく、やがて隊長は斬り裂かれた頸部《けいぶ》から血を奔《はし》らせて落馬した。

「惜しいな。勇気に技がともなわなかったか」

地上の死体に、その一言を投げつけると、クバードは馬腹を蹴り、逃げる敵を追いにかかった。

あいかわらず闇は濃いが、逃げるルシタニア騎士の甲冑には、夜光虫がついている。見失う気づかいはなかった。数は六騎。これが敵の最後の生き残りである。

追われる六騎と、追う一騎とが、手槍や棍棒をかかえて路傍《みちばた》にすわりこんでいるダイラム人の一団のそばを走りぬけた。

クバードはどなった。

「逃がすな！　追うんだ！」

一騎でも逃がせば、その口からルシタニア軍中枢部に、ここの内情がもれる。一騎も帰らなければ、ルシタニア軍には事の真相がわからず、策《て》を打ってくるにしても時間がかかる。ダイラムの人々は、その間に、防御をかためることもできるし、アルスラーン王子の軍に救いを求めることもできるだろう。

ルシタニア兵を逃がしてはならないのだ。そのことは、ダイラムの人々にもわかっていたが、もともと戦いに慣れていない彼らは、気力も体力も使いはたし、地面にへたりこんでしまっている。

やむなくクバードはひとりで追った。

追う。追いすがる。追いつく。追いぬく。

駆けぬけざまの一刀で、ルシタニア兵の頸部を半ば両断していた。噴きあがった血が風に乗り、赤い奔流となって夜気をつらぬいていく。

また一刀、一騎を斬って落とす。もはや、ルシタニア兵に反撃の意欲はない。ひたすら、死に物ぐるいに逃げていく。距離のはなれた四騎には、にわかに追いつけそうもなかった。弓を使うしかなさそうである。

万騎長《マルズバーン》ともなれば、剣、槍、弓、いずれの武芸も群を抜いている。だが、水準をはるかにこえた時点で、得意なものとそうでないものとがある。クバードは弓がやや苦手であった。むろん、へたというにはほど遠い。実戦でひけをとったことはない。敵兵の胴を突きぬけるほどの強弓《ごうきゅう》である。

その強弓を証明するかのように、クバードはまず二本の矢でふたりのルシタニア騎士を射落とした。三本めの矢は、わずかにはずれたが、四本めの矢が三人めを射落とす。

最後のひとりは、そのときすでに矢の射程を脱しかけていた。舌打ちして弓をおろしたクバードが、気の長い追跡を覚悟して馬をあおろうとしたとき、風のかたまりのようなものが飛び出してクバードに並んだ。

弓弦《ゆんづる》のひびきが消え去るより早く、小さな白点となっていたルシタニア騎士は、鞍上からまっさかさまに落ちていった。傍《かたわ》らを見やったクバードは、むっつりと不機嫌な顔の若者が、弓をおろすありさまを見た。

「いい技倆《うで》だな、おぬし」

クバードがほめると、ゾット族の若者は、あいかわらず不機嫌そうに応じた。

「おれはパルスで二番めの名人だと自負している」

「すると一番めは誰だ？」

「まだ出会っていないが、いずれどこかで、おれ以上の名人に会うと思う」

おもしろい奴だ、と、自分のことを棚にあげて、クバードは思った。弓の技だけなら、万騎長《マルズバーン》にもなれる若者であろう。

にわかに、メルレインが剣を抜き、突きおろした。地上に倒れていたルシタニア騎士が、まだ絶命しておらず、メルレインにむかって報復の斬撃《ざんげき》を送りこもうとしていたのである。

「おれはゾット族のメルレインだ。殺されたのがくやしいなら、いつでも化けて出ろ」

刃についた血を振り落としつつ、メルレインが毒づいた。それが、血なまぐさい戦いをしめくくる一言となった。

VI

ダイラムから、ルシタニア兵は一掃され、ひとまず平和は回復された。ダイラム人たちの素朴な謝礼のことばや地酒の壺《つぼ》をおうように受けとると、クバードは、今度はマルヤム人に、契約の履行《りこう》を求めた。みごとにルシタニア兵を全滅させてやったのだから、当然のことだ。

女官長は、最初、そらとぼけようとした。

「はて、なんのことかしら。いそがしいし、こわい目にあったし、忘れっぽくなりましてねえ」

「くえない婆《ばあ》さんだな。約束の謝礼だ。忘れたなら思い出させてやってもいいが」

「ああ、ああ、ルシタニア人たちをやっつけてしまった後、自分も死んでしまってくれたら、理想的な展開だったんだけどねえ」

「婆さんの理想に殉《じゅん》じなけりゃならん義理は、おれにはない。さっさと約束を守ってもらおう」

こうしてクバードは、マルヤム金貨五百枚と、三重になった豪華な青玉《サファイア》の首飾りを受けとったのだが、メルレインのほうは、

「助けた相手から礼は受けとらぬ。ゾット族は奪うのが掟《おきて》だ」

とか言って、何も受けとらなかった。ゾット族は、世の人々を、助ける相手と、なぐってふんだくる相手と、二種類に分けて考えているらしい。戦いの前に、さんざん身分の高

い者のありようを非難したことと、これは関係があるのだろうか。

夜明けが迫り、内海の水平線に、細い剣に似た白い光が浮きあがってきた。謝礼を受けとって船を降りようとしたとき、若い女官のひとりが、クバードを呼びとめた。船室でイリーナ内親王がクバードを待っているというのである。片目のパルス騎士を迎えると、イリーナ姫はささやきかけた。

「そなたにうかがいたいことがあります。こころよく答えてくれれば嬉しく思います」

そんなところだろう、と、クバードは思った。彼は女好きだし、女からも好かれたが、王女だの王妃だのといった類《たぐい》の女性に慕《した》われるとは考えていなかった。

「そなたはパルス王国の将軍であると聞きましたが、それでは王宮の事情にもくわしいのでしょうね」

「多少は」

クバードの返答は短い。豪奢《ごうしゃ》で壮麗で虚飾と浪費に満ちた王宮は、クバードにとって、あまり居心地がよくなかった。よほど重大な用件でなければ、なるべく近よらないようにしていた場所である。

「では王子のヒルメスさまをご存じですね」

なに？　いまこのお姫さまは誰の名を口にしたのだ？　豪胆なクバードも、いささかならず意表を突かれて、王女の顔を見なおした。

濃い色調のヴェールが、クバードの視線をさえぎった。クバードは、ひとつせきばらいして確認した。

「ヒルメス王子とは、先王オスロエス陛下の遺児のことでござるか」

「やはりご存じですのね。ええ、悪虐無道なアンドラゴラスという男にお父上を殺された方です。パルスのまことの国王となられる方です」

返答のしようもなく、クバードは、ヴェールに顔をつつんだ王女の、誇らしげな姿を見やった。

「なぜヒルメス王子のことなどお問いになるのですかな。内親王殿下」

「わたしにとって、とてもだいじな方ですから」

悪びれずに答えると、イリーナ内親王はヴェールに手をかけ、ゆっくりとそれをはずした。マルヤムの王女の顔は、はじめてクバードの目にさらされた。白すぎるほど白い、繊《せん》麗《れい》な顔だち、黄銅《おうどう》色の髪。瞳の色は——不明であった。王女の両の瞼《まぶた》は、かたく閉ざされていたのである。クバードの反応を気配でさとったか、王女は静かに尋ねた。

「わたしの目が見えぬこと、女官長が申しませんでしたか」

「いや、初耳でござるな」

やはりくえない婆さんだ、と、クバードは内心で女官長をののしった。

「するとヒルメス殿下のお顔はご存じないわけでござるか」

「ヒルメスさまがお顔にひどい火傷《やけど》を負っていらっしゃることは、わたしも存じていました。ですけど、わたしは盲目の身、どのようなお顔であろうと、かかわりありませぬ」

なるほど、ヒルメス王子の銀仮面は、火傷を隠すためのものであったか。クバードは得心《とくしん》した。しかし、仮に正統の王位とやらを回復したとして、その後もずっとヒルメスは仮面で顔を隠しつづけるつもりだろうか。

「クバード卿とやら、わたしは十年前、ヒルメスさまとお会いして以来、あの方のみを心にきざんでまいりました。あの方にお会いしたいのです。どうぞ力を貸してくださいませぬか」

「ヒルメス王子の為人《ひととなり》はご承知か」

「烈《はげ》しい方です。でも、わたしにだけは優しくしてくださいました。それで充分です」

盲目の王女は断言し、クバードはまたしても返すことばがなかった。ヒルメスは復讐心の強い男だが、マルヤムの幼い盲目の王女に対して、残酷なことはしなかったのだ。

「しかし、立ちいるようで恐縮でござるが、ヒルメス殿下とお会いになって、どうなさるのです。こう申してては何だが、彼《か》のお人がパルスの王位につかれるのはごむりかと……」

「ヒルメスさまはパルスの正統な王位継承者だというではありませぬか。その方が王位につけないとするなら、パルスは、ルシタニアやマルヤムと同じく、正義も人道もない国ということになります。そうではありませぬか」

幅の広い肩を、クバードは、かるくすくめてみせたが、むろん王女には見えるはずもない動作だった。

「ヒルメス王子は、そう思っているでござろうな」

「あなたは異《こと》なる考えをお持ちなのですか?」

「人それぞれというやつでな」

深入りを避けて、クバードは短く答えた。盲目の王女は、あきらかに思いつめていた。他人がとやかく口を出す筋合《すじあい》ではない。

むろんクバードの考えは彼女と異なる。

おれは牛肉や羊肉を食うが、それはべつに牛や羊が悪事をはたらいたからじゃない。クバードはそう思う。世の中、一方的な正義だけで割りきれるものではない。ヒルメスとイリーナが再会して結婚でもしたら、さぞ正統と正義の好きな王子が生まれることだろう。

ヒルメスの居場所を、クバードは知っている。西のかたザーブル城で聖堂騎士団《テンペレシオンス》と戦っているはずだ。だが、そこへ到《たど》りつくまでに、イリーナ内親王は、ルシタニア軍の占領地を通過せねばならない。

やっかいなことに巻きこまれるのは、クバードは、ごめんこうむりたかった。つまり、この世でもっともやっかいなことは、他人の色恋ざたである。まして、一方があのヒルメス王子で、もう一方がマルヤムの王女であるというのでは、それに近づくのは、松明《たいまつ》を持って魚油のなかを泳ぐようなものだ。

「すこし考えさせていただこう」

豪放で果断なクバードとしては、めずらしく、あいまいな返答で席を立った。このまま時がたつと、つい承諾してしまいそうな気がした。

船室から甲板に出ると、女官長のジョヴァンナに会った。クバードを見ると、にんまりと笑ってみせる。内親王との対話を、この油断のない老婦人は承知しているのであろう。あらためて舌打ちしたい気分をおさえ、クバードは歩き去ろうとしたが、ジョヴァンナの傍《そば》にいてクバードを見やっているのがメルレインであることに気づいた。

「何だ、話したいことがあるのか」

問われたメルレインは、あいかわらず不平そうな表情のまま、不平そうな声で、意外なことを口にした。

「あの姫君を、ヒルメスとやらいう人に会わせる役、おれが引き受けてもいい」

「ほう……」

クバードは、ゾット族の若者を見なおした。メルレインは表情を殺そうとしていたが、若々しい頬が、わずかに上気しているし、両眼はクバードを直視しようとしない。事情は明らかだった。ゾット族の若者も、クバードと同じ頼みを持ちかけられたというわけだ。

「妹のほうはどうする。捜さなくてよいのか」

「妹はちゃんと目が見える」

「ふむ、なるほど」

あの王女に惚《ほ》れたな、という台詞《せりふ》を、クバードは口にしなかった。クバードにかわって難題を引き受けてくれるというのだ。からかったりひやかしたりしては、ミスラ神の罰をこうむるというものである。彼は千里眼《せんりがん》ではなく、超人でもなく、メルレインの父親を殺した相手がヒルメス王子だという事実を、知りようもなかった。

「では、おぬしが行くといい。人それぞれに帰るべき家と行くべき道があるというからな」

いったんことばを切ってから、クバードはつけ加えた。

「ヒルメス王子の側近に、サームという男がいる。おれの旧知で、理も情もわきまえた男だ。彼に会って、おれの名を出せば、悪いようにはせんはずだ」

「あんたは会わなくていいのか」

「そうだな……あまりいい形で再会はできんような気がする。まあ会えたらよろしく伝えておいてくれ。クバードはクバードらしくやっているとな」

そう言って、クバードは、ヒルメス王子がザーブル城の近辺にいるであろうことを、メルレインに教えてやった。うなずいたメルレインが、心づいたように目を光らせた。

「ヒルメス王子とは、どんな顔をしている？」

「知らん」

「会ったことはないのか」

「会ったことはあるが、顔を見たことはない」

クバードの言葉に奇異なものを感じたのであろう。メルレインが無言のまま眉《まゆ》をあげたので、クバードはつけ加えた。

「見ればわかる。いつも銀色の仮面をかぶって顔を隠しているからな」

それを聞いたメルレインの眉が、さらに上がった。彼にとって、疑問はさらに深くなったようである。

「なぜそんなまねをしているのだ。悪事をはたらいているのでなければ、堂々と素顔をさらせばよかろうに。おれたちゾット族は掠奪だって放火だって素顔をさらしてやってのけるぞ」

「顔にひどい火傷のあとがあるそうだ」

クバードが短く説明したのは、事実の表面だけであるが、メルレインをその場で納得させるのには充分であった。

「それは気の毒だな」

そうつぶやいたメルレインだが、男のくせに傷など気にするのか、と言いたげでもある。

クバードは、革の袋を、メルレインにむけて放った。五百枚のマルヤム金貨が、それには詰まっている。袋の重さにおどろくメルレインが、何か言いかけるのを、クバードは笑って制した。

「持っていけ。財布が重くて困っている奴を助けるのが、盗賊の仕事だろうが」

こうして、ダイラムの地で出会ったクバードとメルレインは、それぞれの思うところにしたがって、東と西とに別れたのであった。四月末のことである。

第三章　出　撃

I

　五月十日。春から初夏へと季節がうつろいはじめたころ、パルス王太子アルスラーンは軍をひきいてペシャワール城を進発した。目的地は二百ファルサング（約千キロ）をへだてた西のかた、王都エクバターナであった。

　兵数は九万五千。騎兵三万八千、歩兵五万、糧食輸送の軽歩兵七千がその内容である。進発に先立ち、歩兵には自由民《アーザート》の身分を与え、銀貨《ドラフム》によって俸給《ほうきゅう》もわたしてあった。

　第一陣は一万騎。トゥース、ザラーヴァント、イスファーンの三人によって指揮される。第二陣はダリューンの一万騎。第三陣はつまりアルスラーンの本営で、騎兵五千、歩兵一万五千。ナルサス、ジャスワント、それにエラムとアルフリードが加わっている。第四隊はキシュワードの一万騎。第五隊は歩兵のみ一万五千でシャガードという将軍が指揮し、最後衛の第六隊は歩兵のみ二万でルッハーム将軍がひきいる。さらにファランギースが三千騎を指揮しており、これは遊撃隊である。

一万五千の兵とともにペシャワール城を預かることになった中書令《サトライプ》ルーシャンは、うやうやしい一礼で王太子を送り出した。

「どうぞ、殿下、昼であれ夜であれ、戦いであれ平和であれ、パルスの神々が御身の上にご加護をたまわらんことを」

「留守を頼む。おぬしがいてくれるから、安心して出征できるのだ」

王太子より半馬身から一馬身おくれて、ナルサス、ジャスワント、エラム、アルフリードらが進む。すでにダリューンは一万騎の隊列をひきいて先発しており、パルス国内の大陸公路は、アトロパテネの敗戦以来はじめて、パルスの大軍によって埋めつくされた。

陽光を受けた甲冑と刀槍の群が、実った麦の穂のような黄金色にかがやきわたり、整然たる騎兵隊の蹄の音が空にはね返る。そのありさまを、公路をのぞむ丘の頂上からながめおろす一騎の旅人がいた。

　生きるとは旅だつこと
　死もまた同じ
　時の河をわたる鳥の翼は
　ひとはばたきに人を老いさせる……

パルス文学の粋《すい》たる四行詩《ルバイヤート》だが、これはあまりできがよくない。口ずさんだ男は、若く、かなりの美男子で、赤紫色の髪を持ち、鞍に竪琴《バルバド》をのせていた。大陸公路を西へ西へと進むパルス軍の列を見おろしていたギーヴは、顔を動かして、自分自身の旅のしたくを確認した。剣はみがいてあるし、弓には三十本の矢がついている。そして何より金貨《デーナール》と銀貨《ドラフム》も重いほどにある。

「さて、おれにはおれのやるべきことがある」

つぶやいたギーヴは、乗馬の手綱を引きながら苦笑した。

「やれやれ、かっこうつけたところで見物人がいるでもないか」

足場の悪い岩山の上で、危げなく馬首をめぐらし終えると、未来の宮廷楽士はアルスラーンらの進む方向とは別の方角へ、軽やかに馬を走らせはじめた。

このような情況になるまでには、いくつかの事情が先立つ。五月にはいると、ナルサスは、出兵準備の完了をアルスラーンに告げたのだった。

「弓が満月のごとく引きしぼられた状態に、わが軍はあります。どうぞ近日中に出兵のご命令を」

パルス軍には、散文的な事情もある。十万をこす兵に、いつまでもむだ飯を食わせてやれるほど、糧食は豊かではない。その事情も、アルスラーンはわきまえている。ナルサスの報告にうなずき、十日を出兵の日とさだめた。

「殿下にお話ししておくことがございます。お時間をいただけましょうか？」

さらにナルサスがそう申しこんだのは、出陣二日前の夜のことである。アルスラーンに否やはなかった。

「一対一での話か」

「いえ、幾人かに同席してもらいます」

ナルサスが選んだ同席者は五名。ダリューン、キシュワード、ファランギース、ギーヴ、そして中書令《サトライプ》のルーシャンであった。七人が王太子の部屋で糸杉材の卓《テーブル》につくと、扉の外では牧羊犬のように忠実なジャスワントが剣を抱いて見はっている。

七人が卓につくと、ナルサスは、すぐに本題にはいった。「これから話すことは他言無用」という前置きすらしなかった。そんなことは、同席者を人選する段階で、ナルサスにとっては終わっている。

「昨年、アルスラーン殿下がこのペシャワール城にご到着になったとき、奇怪な銀仮面をかぶった人物が、殿下を襲撃いたしました。むろん憶《おぼ》えておいででしょう」

ナルサスは中書令《サトライプ》ルーシャンのためにそう言ったのであって、アルスラーンも他の者も忘れているはずがなかった。冬の夜気を斬り裂く剣のひらめきや、銀仮面に反射する松明の炎が、アルスラーンの脳裏《のうり》によみがえった。うなずきながら、王太子は一瞬、寒そうな表情になった。一同の視線を受けて、ナルサスは、きわめて重大な一言を、さりげなく投げこんだ。

「銀仮面の人物の正体は、ヒルメス王子と申します。父親の名はオスロエス、叔父の名はアンドラゴラス。すなわちアルスラーン殿下の、まさに従兄《いとこ》にあたられる方です」

周囲のおとなたちが息をのむ気配を、アルスラーンは感じた。ナルサスの言葉が、アルスラーンの腑《ふ》に落ちるまでは、すこし時間が必要だった。ヒルメスという名も、幾度か聞かされたように思うが、いまこのときまで心に深く留めることはなかった。アルスラーンは考えをまとめ、ようやく問い返した。

「すると、世が世であれば私のかわりに王太子となっていた人か」

「さよう、オスロエス五世陛下がご存命であれば当然そうなっておりました」

「ナルサス……!」

ダリューンが友をとがめる声をあげたのは、アルスラーンの表情の変わりようを見かねたからであった。だが、ナルサスは、あえて先をつづけた。

「一国に二王なし。どれほど冷厳《れいげん》であろうと、残酷であろうと、それが千古《せんこ》の鉄則でござ

「神々といえども、この鉄則をくつがえすことはかないませぬ。王太子殿下が国王におなりになれば、当然ながらヒルメス王子のための王冠は存在しないことになりましょう」

一同のなかで最年長である中書令《サトライプ》のルーシャンが、はじめて口を開いた。考え深そうに、片手で豊かな灰色のひげをなでている。

「そのヒルメス王子と称する人は、たしかに真の王子か。あのときの事情を、いささかなりとも知る者が、野心と欲に駆られて、王子の身分を僭称《せんしょう》しているのではないか」

「あのときの事情？」

アルスラーンは聞きとがめた。つまり、先王オスロエス五世が急死して弟のアンドラゴラスが即位するに至った事情である。オスロエスの死に不審な点が多く、アンドラゴラスが兄王を弑《しい》したのではないか、という疑惑がささやかれたのであった。むろん、公式には秘密にされていたが、多少とも宮廷にかかわりある者なら、まず誰でも知っている。

あらためてナルサスはアンドラゴラス王即位の前後に生じた事実と噂の数々を、アルスラーンに説明した。晴れわたった夜空の色をした瞳は、雲におおわれたように見えた。ようやく形のいい唇が動いて質問を発した。

「父上が兄王を弑したという……その噂は事実なのか？」

若い軍師は、かるく頭を振った。

「これぱかりはわかりませぬ。ご存じなのはアンドラゴラス陛下だけでしょう。確かにいえることは、ヒルメス王子は噂を事実と信じ、殿下と殿下のご父君とを憎悪しておられる。そして憎悪のあまりルシタニア人と手を組み、おのが故国に他国の兵を引きいれたのです」

ナルサスの声は厳しい。アルスラーンも他の五人も無言だった。

「つまり、かのお人には、国民《くにたみ》よりも王位のほうがだいじというわけです。復讐の方法もあまたあるなかで、もっとも民衆にとって迷惑な方法がとられたのです」

「わかった、ナルサス」

アルスラーンは、こころもち青ざめた顔でかるく片手をあげた。

「さしあたって、私は、従兄《いとこ》どのより先にルシタニア軍と結着をつけねばならぬ。みんなに力を貸してもらいたい。それが一段落したところで、従兄どのとの間にきちんと話をつけるとしよう」

II

黒衣の騎士ダリューンは、友である軍師と肩を並べながら回廊を歩いていて、いささかものいいたげな表情を隠しきれなかった。そ知らぬ顔で歩きつづけるナルサスを見やって、ついに彼は口を開いた。

「ナルサス、おぬしのことだから何か深い思慮があってのことと思うが、殿下に対していささか酷ではなかったか。重荷の上に重荷を加えるようなものだぞ」

「隠しておいたほうがよかったか」

ナルサスは、わずかに苦笑してみせた。

「おれもこの半年近く、ひとりで秘密をかかえこんでいたのさ。殿下に知らせずにすむなら、そうしたかった。だが、ダリューン、おぬしもわかってくれるはずだ。いかにこちらが隠しとおす気でも、先方が秘密を明かしたら、それまでのことではないか」

たしかにナルサスのいうとおりである。ヒルメスが、いずれ名をあかし、正統の王位継承権を主張するようになるのは、当然のことだ。それをいきなり「敵」の口から知らされるより、いまのうちに味方から教えておいたほうが、まだ衝撃はすくないであろう。

「それにな、ダリューン、秘密はアルスラーン殿下ご自身の上にもある。それにくらべれば、銀仮面の件など、しょせん他人の身の上だ。そのていどで動揺なさるようでは、ご自身の秘密に耐えることなどできぬさ」

アルスラーンの出生に何やら秘密があることを、ナルサスは言っているのだった。ダリューンはうなずいたが、パルス最大の雄将の口から吐息がもれた。

「それにしても殿下の荷は重すぎる。まだ十四歳でしかないのにな」

「おれが思うに、アルスラーン殿下は、見かけよりはるかに勁《つよ》くて寛《ひろ》い心をお持ちだ。ヒルメス王子のことも、いずれ克服なさるだろう。あの方に必要なのは、いつもそうだが、時間だけだ」

「ナルサスにしては読みが甘いのではないか」

遠慮のないことを、黒衣の騎士は口にした。

「仮にアルスラーン殿下が、父王の罪をつぐなうおつもりでヒルメス王子に王位を譲るなどと言いだされたらどうする？　殿下のご気性からして、ありえぬことではないぞ」

「たしかにな。そしてヒルメス王子がわれらの国王《シャーオ》となるか」

ヒルメスは復讐に対する渇望で心を狂わせているが、もともと国王《シャーオ》としての器量が不足しているというわけではない。復讐の魔酒《ましゅ》からさめたら、けっこう知勇をそなえた君主となるかもしれぬ。

だが、ヒルメスが奴隷《ゴラーム》たちを救うとしても、彼は奴隷制度を廃止しようとは考えないだろう。ヒルメスがやるとすれば、奴隷を慈悲ぶかくあつかうよう命令を出すことだ。ここが、おそらくヒルメスとアルスラーンとの決定的な差であろう。明るい色の髪をかきあげて、ナルサスは友人を見返した。

「おれのほうこそ聞きたいな、ダリューン、もし仮に殿下がパルスの国王《シャーオ》になられぬとしたら、おぬしは殿下のもとを去って、ヒルメス王子につかえるか?」

「冗談をいうな」

銀仮面の男と、ダリューンは直接、剣をまじえたし、伯父のヴァフリーズを殺した仇《きゅう》敵《てき》でもある。彼は頭を振った。

「そうだな。そのときは、おぬしとおれが組んで、アルスラーン殿下にふさわしい国のひとつも征服してさしあげるさ。悪政で苦しんでいる国民《くにたみ》は、どこにでもいよう」

ダリューンの冗談めかした返答で、ナルサスはくすりと笑った。彼や友人がいかに思いわずらおうとも、結局はアルスラーンが決めることだ。

ナルサスは話題を転じた。

「トゥース、ザラーヴァント、イスファーンという連中のことだがな」

「うむ」

「彼らに先鋒《せんぽう》の任を与える。おぬしやキシュワード卿は、今回は第二陣にさがってくれ」

ナルサスにとっては、軍の配置という問題は、すぐれて政治的な一面を有している。アルスラーンの陣営は、大きく膨れあがり、まず内部を統一せねばならない。

戦って勝つだけではすまない。新参の者たちが旧《ふる》い者たちに対抗意識を持つのは、武勲《ぶくん》の量についてである。彼らに武勲をたてる機会を与えてやる必要がある。

また、たとえ先鋒が惨敗しても、第二陣以下にダリューンとキシュワードの両雄が無傷でひかえていれば、再戦して勝つのはむずかしくない。このふたりが健在である、と思えば、兵士たちも安心できるのである。

ナルサスの提案を了承して、ダリューンは腕を組んだ。

「やれやれ、他人に武勲をたてさせるのも仕事のうちか」

「なに、おぬしが出ていかねばかたづかぬ場面は、いくらでも出てくるさ」

回廊の一角をまがったとき、夜風のゆるやかな流れが、異臭を運んできた。こげくさい匂いであった。奇妙に思う間もなく、今度は耳が異状をとらえた。ぱちぱちと火の爆《は》ぜる音であった。

ダリューンとナルサスは顔を見あわせた。無言のまま走りだす。夜気が動いて、薄い煙が吹きつけてきた。わずかに、熱波らしいものも感じる。黒い闇の一部に、赤い花びらのような火影がうごめいていた。

「火事です！　火事です、ナルサスさま」

エラム少年が叫びながら駆け寄ってきた。主人の表情を見て、問われるより先に説明する。

「糧秣《りょうまつ》倉庫に火が放たれたのです。怪しい人影を何人かが見つけて、いま追っています」

ふたたびダリューンとナルサスは顔を見あわせた。彼らの胸中をよぎった怪しい人影が、振りむいて銀仮面をかぶった顔を見せた。豪胆なダリューンも不敵なナルサスもぎょっとした。前者にむかって後者が低く叫んだ。

「ダリューン、おぬしは殿下をお守りしてくれ」

その一言で、ダリューンは踵《きびす》を返した。銀仮面の男がヒルメスであれば、混乱に乗じて王太子を殺害しようとするであろう。王子の身近の警戒を、厳重にするべきであった。拡大しつつある混乱のなかで、万騎長《マルズバーン》キシュワードの存在が大きかった。何といってもペシャワール城は彼の城なのだ。

「火を消せ！　まず火を消すのだ。四号の井戸から水をひけ」

きびきびした、しかも沈着な指示を出して、延焼を防がせている。消火はキシュワードにまかせておけばよい。ナルサスはエラム少年をしたがえて、放火犯を追う兵士たちの流れに踏みこんだ。流れは速く、人声や甲冑の音もけたたましく、ナルサスはエラムとはぐれてしまった。アルフリードの声もしたような気がするが、はっきりしない。

「そちらへ逃げたぞ！」

「逃がすな！　殺せ」

兵士たちの叫びは、血なまぐさい昂奮《こうふん》に満ちている。戦うためにこの城塞《じょうさい》に集まりながら、まだ実戦に参加する機会を与えられない彼らだ。ポロの試合や狩猟だけでは発散できないものがある。手に手に松明や剣をかざし、血走った目でどなりあっている。放火犯がもしヒルメスであるとすれば、うかつに追えばどれだけの死者が出るかわからない。ヒルメスとまともに闘える者が、ペシャワールの城内に幾人いることか。ダリューンを王太子のもとへ帰らせてよかった、と、ナルサスは思った。

「いた！」

兵士たちの声がひびいて、ナルサスは視線を動かした。黒い夜空を、さらに黒い影がかすめた。回廊の屋根から石畳の中庭へと、森に棲む精霊《ジン》のようにすばやく移動する。そこへ駆けつけた兵士が、刃《やいば》を振りおろした。刃鳴りがたち、兵士の斬撃ははね返されていた。しかも反撃の一刀が短く鋭く弧を描き、兵士はあごの下から血を噴きあげて倒れた。さらに二本の白刃が襲いかかったが、黒い影は高く跳躍してそれをかわした。口に短剣《アキナケス》をくわえ、右手だけで屋根の端をつかみ、身をひるがえして屋根の上へと消えた。

「何という奴だ。人間業とも思えぬ」

キシュワードのもとで千騎長をつとめるシェーロエスという男が、あきれかえってつぶやいた。

ヒルメスではなかった。銀仮面もかぶってはおらず、また左腕がなかった。その姿は、ナルサスの近い記憶につながった。先々月、ヴァフリーズ老人からバフマン老人へと送られた密書を盗もうとして失敗し、ナルサスに左腕を斬り落とされた人物がいたではないか。すると狙いは例の密書か。もしかして、すでに発見したのではあるまいか。

ナルサスは黒い影を追いつづけた。他者の手にゆだねるわけにはいかなかった。

地上で騒ぎたてる追手どもを嘲《あざけ》りつつ、黒い影は城壁上に達し、そこを走った。音もたてず、夜の一部と化したように、身を低くして疾走する。

その疾走が急停止した。黒い影は、城塞の上に自分以外の人影を見出《みいだ》した。城壁の胸壁に背をもたせかけていた人影が、ゆらりと揺れて、黒い影の行手をはばんだのだ。

ギーヴであった。

「ふむ、ナルサス卿が先日、片腕を斬り落とした曲者《くせもの》は、きさまか」

ギーヴが前進した。ゆっくり、しかも流れるような動作である。何気なさそうな動作で、しかもまったく隙《すき》がないことを、黒い影は見てとった。

無言で短剣《アキナケス》をかまえなおす。わずかに腰をまげ、全身のばねをたわめながら、両眼だけをぎらつかせている。

「煙と盗賊は高いところが好きというが」

ギーヴが言いかけたとき、黒い影の中央あたりから白い閃光が飛んだ。右手の短剣が、ギーヴの顔めがけて投げつけられたのだ。

ギーヴの長剣が、短剣をはじき飛ばしたとき、黒い影は奇声をあげて躍りかかってきた。素手で。片腕で。何か細くひらめくものを視界に認めたギーヴは、かわそうとはせず、かえって一歩踏みこんだ。左下から右上へ、舞いあげた剣は、黒い影が伸ばした右腕を、みごとに両断していた。

両腕を失った男は、血をまきながら城壁上で一転した。苦痛のため動けなくなるどころか、すさまじいほどの敏捷《びんしょう》さではね起き、ギーヴに第二撃の隙を与えない。

「いい根性をしているが、かわいげはないな。つぎは嚙《か》みついてくるか？　かわいい娘に指をかまれるのならうれしいが……」

ギーヴは長剣をひらめかせた。目の前で何かが鳴って足もとに落ちた。黒い影の口から放たれた太い針だった。それを確認もせず、ギーヴは躍りかかって、強烈な斬撃を水平に払った。

黒い影の頭部は、刃風とともに吹き飛んだかと見えた。だが、ギーヴの剣先に残ったのは、黒衣の一部だけであった。舌打ちして剣先からそれを払い落としたとき、ギーヴの耳は下方に水音を聴いた。

「濠《ほり》に落ちたか、銀仮面のように」

若い軍師の声で、ギーヴは振りむき、剣を鞘におさめた。

「見てくれ、これを」

斬り落とした腕を、ギーヴは、ひろいあげ、ナルサスにむけて差し出した。見て気持のよいものではないが、ナルサスは軽く目を細めてそれを観察した。

「毒手か……」

手指の爪が青黒く変色している。爪を毒液にひたし、その爪に触《ひつかか》れただけで、相手を死に至らしめる。まともな武術の技ではなく、下級の魔道士が用いる暗殺技であった。以前に左腕を斬り落としたときには、このような毒手ではなかった。左腕を失った後、不利をおぎなうために、残った右手を毒手に改造したのであろう。

「おそろしい執念だな」

ギーヴの慨歎《がいたん》に、言葉にしてはナルサスは答えず、駆けつけた兵士たちの主だった者に、濠を捜索するよう命じた。両腕を失っては泳ぐこともできず、たとえ泳げたとしても濠からあがることはできないだろう。出血もある。おそらく死んでいるだろうが、生きていれば問いたいことがある。

「あの男は、左腕を失う前から大将軍《エーラーン》ヴァフリーズどのの密書を狙っていたのだろう？

いまさらナルサス卿が何を問う」

「そう、奴はヴァフリーズ老の密書を狙っていた。それはわかる。わからぬのは何のために、ということだ。それとも誰かから命令されていたのか。命令した者の意図は何か」

ナルサスの疑問は、さしあたって未解決に終わりそうであった。濠を捜索した兵士が、朝方に水底から一個の死体を引きあげたのである。両腕はなく、どのような手段によってか自らの顔もつぶし、身元を判明させるものをまったく残さなかった。

Ⅲ

つぎの夜は、出征前夜であり、城内を徘徊していた黒い影も死に、火災も大事には至らず、城内は盛大な前夜祭に湧きかえっていた。

ところが今度は、ギーヴとイスファーンとの間で、新旧の家臣どうしの対立が生じたのである。いや、対立というより決闘ざたであった。

酒を飲めば口論やけんかが起こりやすいのは当然である。といって、それを理由に酒を禁じるのもやぼな話だ。葡萄酒《ナビード》や蜂蜜酒、麦酒《フカー》の匂いが広間に渦を巻き、羊肉の焼けた匂いもただよった。少年である王太子が、早く寝《やす》むために宴席を立つと、あとは文字どおり無礼講となって、大声の会話やにぎやかな歌声が飛びかった。ただ、はでやかな宴も、注意して観察すれば、旧《ふる》くからアルスラーンにつかえている者たちと新参の者たちとで、それぞれ何となくかたまってしまい、たがいに交流がないことがわかったであろう。

それが破れたのは、「流浪の楽士」ことギーヴの行動によってであった。彼はぶらりと新参者たちの席に歩みより、迷惑そうな顔をされるのもかまわずイスファーンに話しかけた。イスファーンは万騎長《マルズバーン》シャプールの弟である。そして半年前、ルシタニア軍の捕虜となったシャプールが王都エクバターナの城門前に引き出されたとき、シャプール自身の求めに応じ、彼を矢で射殺したのはギーヴであった。

その因縁が、このときギーヴ自身の口からあかされたのだ。

それが騒動のはじまりだった。

「きさま、おれの兄を射殺したというのか」

イスファーンの両眼がぎらりと光った。まさしく狼のようであった。葡萄酒《ナビード》の酔いを、激情が圧倒したかに見える。

「怒るな。おれはおぬしの兄を苦痛から救ってやったのだぞ。礼を言われこそすれ、憎まれる筋合はない」

「だまれ！」

イスファーンが立ちあがると、周囲の騎士たちが、無責任にはやしたてた。えたいの知れない流浪の楽士を、彼らはきらっていたのだ。

当のイスファーンにとっては、亡き兄のシャプールは生命《いのち》の恩人であり、武芸や戦術の師でもあった。かたくるしい、頑固《がんこ》なところもある兄だったが、何ごとにも筋を通し、不正をよしとしない生きかたをし、生きかたにふさわしい死にかたをしたりっぱな男だった。そうイスファーンは思っている。その兄をあげつらわれて、イスファーンが激怒したのは当然であった。

一方、ギーヴは相手の怒りを、ひややかな優雅さで受けとめた。

「周囲に味方が多いと強気になる奴を、ずいぶんとおれは見てきた。おぬしもその類《たぐい》というわけか」

「まだ言うか」

イスファーンは席から躍りあがった。

「その長すぎる舌を、適当な寸法になおしてくれよう！　誰の助けも借りぬわ！」

床を蹴る。剣を抜き放つ。ギーヴの頭上から襲いかかる。連続した動作が、ほとんど一瞬であった。

周囲にいた者たちは、ギーヴが脳天からまっぷたつにされる光景を見た。だが、それは一瞬の幻影であった。ギーヴは絹《セリカ》の国の上質紙一枚の差で、剣をかわしている。秀麗な顔だちだけに、皮肉や悪気をたたえたときの表情は、相手から見れば、じつに憎らしい。

「言っておくがな、おぬしの兄を死なせた責任は、ルシタニア軍にあるのだぞ」

「わかっている！　だが、いまおれの前にいるのは、ルシタニア人ではなくてきさまだ！」

筋が通っているような、いないようなことを叫ぶと、イスファーンは猛然とギーヴめがけて斬りつけた。

斬撃の速度と強烈さは、ギーヴの予測をこえていた。若い雪豹《ユーズ》のように俊敏な動きで、イスファーンの剣をかわし、空を斬らせたが、体勢がくずれた。数本の頭髪が、刃風にのって飛び散った。

イスファーンが空を斬った体勢をたてなおしたとき、床に倒れこむ寸前にありながら、すでにギーヴは長剣の鞘を払っていた。流麗な弧を描いた刃は、そらおそろしいほどの正確さで、イスファーンの咽喉《のど》もとに迫った。

今度は、イスファーンがおどろく番であった。こちらもまた、若い狼のようにしなやかな体さばきで、相手の一閃をかわしたものの、完全に均衡をくずし、床に倒れこんでしまった。

双方とも、石畳の上で一転してはね起きると、同時に剣を舞わせていた。火花が青白く灯火の影を裂き、金属のひびきが床に反射する。二度、三度、激しく打ちかわした直後、イスファーンの片脚がはねあがって、ギーヴの脚を払った。

ギーヴは横転した。さすがの彼が意表をつかれた。イスファーンの剣技は、正統なだけではなく、無原則なまでに野性的だった。

剣が振りおろされ、石畳を打って、こげくさい火花を発した。致命的な一撃から逃がれたギーヴは、石畳に転がったまま、イスファーンのひざめがけて強烈な斬撃を送りつけた。またしても火花。イスファーンは剣を垂直にして、ギーヴの剣をはじき返していた。

ギーヴがはねおき、間髪いれず剣を突きこむ。イスファーンが防ごうとした瞬間、ギーヴの剣は魔法のように角度を変えて、イスファーンの剣をからめとり、床にたたき落とした。

半身をひねると、かろうじてイスファーンはつづく突きを避けた。だが、一瞬で彼は守勢から攻勢に転じていた。あろうことか、彼は、ギーヴの剣を自分の右脇にはさみこむと、左手の手刀でギーヴの手首をしたたかに打ったのだ。ギーヴは思わず剣を離してしまった。ギーヴの剣はイスファーンの手に移る。だが床に落ちたイスファーンの剣は、ギーヴがすくいあげていた。そのまま双方たがいに床を蹴ろうとしたとき、するどい叱咤《しった》の声がひびいた。女の声であった。

「双方、剣を引け！　王太子殿下の御前なるぞ！」

「……やあ、これはファランギースどの」

半月ほど前に、キシュワードが果たした役割を、今度はファランギースが引き受けたわけである。けである。ただ、今度は、実際に剣がまじえられてしまったが。

「ファランギースどのも心配性だな、おれの身を案じてくれるのは嬉しいが、おれがこんな奴に負けるはずがないのに」

「つごうよく解釈するな、不信心者め」

ファランギースは方便を使ったわけではなかった。彼女が王宮の庭園に立つ糸杉のようにすらりとした優美な姿を一歩しりぞかせると、アルスラーンの姿があらわれた。王太子が言葉を発するより早く、イスファーンは剣を捨ててひざまずいた。主君に対する、いささかかたくるしいほどの忠誠心は兄ゆずりであろうか。心から恐縮し、自分の軽挙《けいきょ》を悔いていた。

アルスラーンの瞳が楽士に向けられた。

「いったい何ごとがあったのだ、ギーヴ、味方どうしで剣をまじえるなど」

「なに、人生観の相違というやつで」

イスファーンと対照的に、ギーヴは立ったままで、返答も人を食っている。不敵に目を光らせて、彼は言葉をつづけた。

「アルスラーン殿下にはお世話になったが、もともとおれは宮廷づとめなど向かぬということが、よくわかった。自分で後宮《ハリーム》をつくってほしいままにふるまうのが、おれの性にあっている。人づきあいで遠慮して生きるより、ひとりでいたほうが、はるかにいい」

「ギーヴ……？」

「いい機会だ、これでおいとまをいただきます、殿下。おたっしゃで」

自分の剣を拾いあげて鞘におさめると、ギーヴは、わざとらしく鄭重《ていちょう》な一礼を残して、広間を出て行きかけた。

「ギーヴ、待ってくれ、早まらないでほしい。不満があるなら考えるから」

王太子の声に、いったんは足をとめたが、

「失礼いたします、殿下。ああ、ファランギースどの、おれがいなくなったからとて、泣き暮らしてはせっかくの美貌が曇る。笑顔こそ美の伴侶。おれのために笑ってくれ」

「なぜわたしが泣かねばならんのじゃ。最後まで口数の多いやつ、出ていくならさっさと出ていくがよかろう」

するとギーヴは、にやりと笑って露台《バルコニー》に出ると、優美にかるがると手摺《てすり》をとびこえ、そのまま姿を消してしまったのだ。

あまりのことに呆然《ぼうぜん》となったアルスラーンの横顔を見ていたダリューンは、一同が白けたようすで解散したあと、心を決したように王太子に近づいてささやきかけた。

「殿下、じつはナルサスから口どめされていたのでございますが、あれは演技なのでござる」

「演技？」

「さようでござる。ナルサスとギーヴとが話しあった上で、あのような演技をしたのです」

アルスラーンは声をのんでしまった。ようやくのことで、ささやくような声を出す。

「なぜそのようなことを」

「殿下のおんためにです、むろん」

「私のため、というと、まさか、自分がいてはじゃまになるとでも思ったのか」

「たしかに、ギーヴは新参の者たちにあまり好かれてはおりませんでした。彼を殿下がお庇《かば》いになれば、一方にひいきしたと思われます。それでは結局、和が保てません」

「全軍の和をたもつために、ギーヴは身を引いたというのか」

「いえ、目的は他にございます」

ナルサスはもともと知勇ともそろった信頼のおける者に、王都やルシタニア軍の内情を探らせたいと思っていた。そこでギーヴと話しあい、ギーヴがアルスラーンの陣営を出《しゅつ》奔《ぼん》した形をつくって、彼に独立した行動をとらせたのである。

イスファーンのほうはこれらの事情は知らぬ。だが、苦痛から救うためとはいえ、イスファーンの兄シャプールをギーヴが射殺したことは事実である。この件が後々しこりとなって残ることもあるだろう。それが全軍の内部亀裂を生じる前に、ギーヴを一時的に去らせ、いずれ誰にも異議をとなえさせぬ形で修復をはかりたい。それがナルサスの考えであった。

「そうだったのか。私が至らぬものだから、ナルサスにもギーヴにもとんだ迷惑をかけてしまうな」

つぶやいたアルスラーンは、ダリューンに、夜空の色の瞳を向けた。

「いつギーヴと再会することができるだろう。そのときは彼の名誉を回復してやることができるだろうか」

「殿下が自分を必要とするときには、地の涯《はて》からも駆けつける。そうギーヴは申しておりました。もし彼の尽力をよしとなさるのであれば、一日も早く王都を奪回なさいませ」

そして美しい邸宅に美女と美酒をそろえた上で、「帰ってこい」と呼びかければ、ギーヴの功労と心意気に酬《むく》いることになるだろう。ダリューンはそう言い、アルスラーンは、くりかえしうなずいた。

アルスラーンを寝所《しんじょ》に案内して、広間にもどってきたダリューンは、露台《バルコニー》に友人の姿を見出した。

「赦《ゆる》せ、ナルサス、よけいなことを口にして、おぬしの策を殿下に明かしてしまった」

「まったく存外なおしゃべりめが。せっかくギーヴが名演技をやってくれたのに、裏をばらしたのでは何にもならぬではないか」

口ではそう言いながら、ナルサスは本気で怒ってはいなかった。手近にあった果物の大皿から葡萄《ぶどう》の小さな房をふたつとると、友人にむかってひとつを放る。

「殿下も不思議な方だ。おぬしとおれとギーヴと、それぞれ気性をもちがえば考えもちがう者たちに、忠誠心を持たせてしまう」

つぶやきつつ、房に口をつけて、実の三粒ほどを食いちぎった。

「言っておくが、ナルサス、おれはもともと王家に忠誠心あつい男だぞ。おぬしのように、主君にけんかを売って飛び出すなんてことはせぬ」

さりげなくダリューンは友人と自分との間に差をつけた。ナルサスのほうは、さらに平然と、つけられた差をひっくりかえしてみせた。

「たまたまおれに機会があっただけのことさ。おぬしがおれより温和な男だなんて信じさせようとしてもむりだぞ。そんなこと、おぬし自身で信じてるわけでもなかろうが」

苦笑して、ダリューンは友に倣《なら》い、葡萄の房にかじりついた。

一方、寝台に横になったアルスラーンは、なかなか寝つかれなかった。寝がえりをくりかえしつつ、さまざまな考えにとらわれていた。

ダリューンにはダリューンの、ナルサスにはナルサスの、ギーヴにはギーヴの、それぞれの生きかたや在りかたがあるのだ。アルスラーンより年長で、それぞれに優れた技倆を持つ彼らが、アルスラーンのためにつくしてくれる。ありがたいと思う。彼らに報いてやりたいと思うのだ。

「身分の高い奴らは、他人に奉仕してもらうのを当然だと思っていやがる」

と、ギーヴが吐きすてるように批判したことがあった。その弊《へい》はアルスラーンにはなかった。他人に親切にしてもらうと嬉しいから、なるべく他人に対しても親切でありたいと思う。他人に冷たくされれば心が冷えるから、他人に対して冷たくしないようにしたいと思う。簡単なようでむずかしいことではあるが。

従兄《いとこ》のヒルメスという人物のことを、アルスラーンは考えた。アルスラーンに剣を向けて迫ったとき、あの銀仮面の下には、どのような表情があったのだろう。現在のアルスラーンでは想像もつかなかった……。

Ⅳ

こうして五月十日、パルス王太子アルスラーンの軍は王都エクバターナをルシタニア軍の手から奪還すべく、ペシャワール城を進発したわけであった。

第一陣の一万騎は、トゥース、ザラーヴァント、イスファーンの新参三名が指揮した。いざ戦いというときには、中央部隊四千騎をトゥースが、左翼部隊三千騎をザラーヴァントが、右翼三千騎をイスファーンが、それぞれひきいることになっている。

アルスラーン王太子、ペシャワール城より出撃す。その報は二百ファルサング（約千キロ）の距離を五日で駆けぬけてエクバターナにとどけられた。皮肉なことに、よく整備されたパルスの駅逓制度《バーダク》を使ったおかげであった。

報を受けたルシタニア国王イノケンティス七世は、彼の個人的な水準では、たちどころに難問を解決した。つまり王弟ギスカールに軍権をゆだね、自分は部屋にこもって神に勝利を祈ったのである。

兄王のふるまいに加えて、いまひとつ、ギスカールに不満と不審の感情をもたらしたのは、銀仮面のふるまいだった。ザーブル城を陥落させたのはよいとして、そのまま城に居すわり、エクバターナにもどろうとしない。探らせると、戦いによって破損した箇処を修復させ、地下水路の防備をかためて、何やらそこにいすわる気配すらある。

さらには、王都周辺の土地では、いよいよ水不足の声があがりはじめてもいる。

「まったく、どいつもこいつも、おれひとりに難題を持ちかけて来おる。すこしは自分のない知恵をしぼってみたらどうなんだ」

そう言いながら、夜はちゃんとルシタニア、マルヤム、パルス、三か国の美女を相手に夜の生活をいとなみ、楽しむところは楽しんでいるギスカールだった。だが、このありさまでは、楽しみも減らさなくてはならないかもしれぬ。

「銀仮面に使者を出せ。ザーブル城には守備兵を残し、ただちにエクバターナへもどるように、とな」

考えた末、部下にそう命じた。あまり性急に銀仮面の帰還を求めては、自分たちの弱みを見せることになるかもしれない。そうも考えたが、この際、高圧的に出たほうがよいと思ったのだ。それに対して銀仮面がどう出るか。もしあいかわらずザーブル城から動かぬとあれば、こちらにも考えがある。

さしあたり銀仮面卿ことヒルメスの件に一手を打つと、ギスカールは、主だった廷臣《ていしん》や武将十五人を集めて会議を開いた。ボードワンとモンフェラートの両将軍は、地方に散らばった軍隊をエクバターナに再集結させるために出かけていた。このふたりが、ギスカールにとっては、もっとも頼りになる将軍だったので、せっかくの会議も、精彩を欠くことになってしまった。

役にも立たない意見が出つくすと、ギスカールは指示した。早急にエクバターナ駐屯《ちゅうとん》の兵をまとめ、十万人の部隊を編成するようにと。廷臣たちはざわめいた。

「ですが、一度に十万の兵を出す必要はございますまい。まず一万ほど出して、ようすを見ては？」

「さよう、さよう、十万もの兵を動かすのは容易ではござらぬ」

異議の声がわきおこる。ギスカールは、じろりと一同をながめまわした。その眼光を受けて廷臣たちはたじろいだ。ギスカールは、低めた声にすごみをきかせた。

「アルスラーン王太子めの軍は、その数を八万と称し、大陸公路を堂々と西へ進軍してくるという。数に誇張があるとしても、四万はかたいところだ。四万の兵に一万の兵をぶつけて勝算があると思うか」

「いえ……」

「では、みすみす一万の兵力をむだに捨てることになるではないか。あげくに、ルシタニア軍に勝ったという宣伝材料を、パルス人どもに与えることになるぞ。兵力を小出しにするなど、百害あって一利なしだ。わかるか」

「わかりました。王弟殿下のご思慮《しりょ》の深さ、われらのおよぶところではございませぬ」

廷臣たちは感心した。感心されればギスカールも悪い気持はしないが、このていどのこともわからぬ奴らをひきいてパルス軍と戦わねばならぬのか、と思うと、疲労感をおぼえる。せめて一刻も早くボードワンとモンフェラートを呼びもどし、実戦の指揮をゆだねることとして、両将軍のもとへ急使を送り出した。

ギスカールは、アルスラーンの兵力を四万と見つもった。兵力には、しばしば誇張がともなうものだ。実数の倍ほどに兵力を発表するのは、珍しいことではない。

じつはこのとき、ギスカールは、ナルサスのしかけた一種の心理戦で先手を取られていたのである。ナルサスは、普通なら実数より多く兵力を発表するところを、むしろ実数より抑えめにして、ギスカールに、パルス軍の兵力を過小評価させたのである。

「小細工にすぎないが、ひっかかってくれればもうけものさ。敵の兵力を過小に見つもりたいのが、人の心理というものだからな」

侍童《レータク》のエラム少年に、ナルサスはそう説明したものだった。

たしかに、この段階でギスカールは引っかかった。だが、ギスカールが愚鈍《ぐどん》でも凡庸《ぼんよう》でもなかったことは、「相手が四万ならこちらは五万」などというせこい計算をしなかったことである。四万の敵に、こちらは十万を用意して、一気に、しかも完全にたたきつぶそうとした。このやりかたには、ナルサスといえども容易に乗じる隙がない。

誰の目にも見えぬ。凡愚《ぼんぐ》な用兵家には想像もつかぬ。パルスとルシタニアの本格的な戦いは、すでに開始されていたのだ。戦場における剣と剣の激突は、戦いの最終段階でしかないのである。

V

ギスカールがエクバターナでさまざまな問題に対応しているころ、アルスラーンひきいるパルス軍は、すでに全里程の一割を踏破《とうは》していた。

五月十五日。ここまでは一戦もまじえることなく前進が続いている。この時季、パルスの太陽はそろそろ人に暑さをおぼえさせてくるが、空気中の湿度が低く、吹きわたる風は心地よい。

葦毛《あしげ》の馬に揺られるアルスラーンは、出撃以来、無口であった。考えねばならないことがいくつもあった。三日めに魔の山デマヴァントの山容を北方に望んだとき、その山容が一変していることにおどろかされた。準備をととのえて調査したいと思ったが、現在のアルスラーン軍にそのようなゆとりはない。すべては王都エクバターナを奪還してからのことだ。個人の興味を満足させるのは、その後にしなくてはならなかった。

デマヴァント山の南を通過したころから、戦いの気配は一刻ごとに濃くなっていった。大陸公路を西進するアルスラーン軍にとって、最初の関門は、チャスーム城塞であった。この城塞は、公路から半ファルサング（約二・五キロ）ほど離れた丘の上にあり、灌木《かんぼく》の茂みや断層に囲まれて、攻略は容易ではないと思われた。

ところが、チャスームという名を聞いたとき、ダリューンもキシュワードも、「はて」と首をひねったものだ。そんな城が存在することを、万騎長《マルズバーン》たる彼らが知らなかった。つまりこの城塞は、アルスラーンたちがシンドゥラ国へ遠征に出かけていた間に、ルシタニア軍によって急造されたものなのだ。公路の要所を扼《やく》し、アルスラーン軍の行動を監視させるためである。

「ギスカールとかいう男も、なかなかやる」

ルシタニア軍のなかに好敵手を見出して、ナルサスは、にこりと不敵な微笑を浮かべた。このていどはやってもらわないと楽しみがない。もっとも、味方の損害が大きくなれば、楽しみなどとは言っていられなくなるが。

先陣のザラーヴァントやイスファーンからは、「攻城の許可をいただきたい」と言ってくる。若い彼らにとっては、アルスラーン陣営に参加して最初の戦いである。さぞ血がたぎっているであろう。だが、ナルサスは冷然として、彼らの要求をつっぱねた。エラム少年を出して偵察させ、その報告を受けると、地図と照らしあわせながら口のなかで何かつぶやいていたが、すぐに作戦をさだめた。

「決めた。チャスーム城は放っておく」

ひかえめに、ジャスワントが意見を述べた。

「城を放っておいていいのですか。あとあとじゃまになるということはありませんか」

「攻めても簡単には陥《お》ちんよ。それに、むりに攻めおとす必要もない。あんな城、放っておいて先に進むといたしましょう、殿下」

「ナルサスがそういうなら」

若い軍師が一言いうときには百の奇策があることを、アルスラーンは知っている。すなおに諒承《りょうしょう》を与えた。

ナルサスは、エラムとアルフリードを呼んで、それぞれに伝言を託し、ダリューンとキシュワードの陣に密使として送った。第一陣に対しては、普通の使者を送り、「城にかまわず公路を直進せよ」と通達した。

この通達に、イスファーンとザラーヴァントは不満であったが、トゥースが通達にしたがって前進をはじめたので、しかたなく自分たちも前進していった。

パルス軍の動向は、チャスーム城のルシタニア軍も、偵察隊を出してさぐっていた。パルス軍前進の報は、すぐとどけられた。

チャスームの城守は、クレマンスという将軍で、マルヤム国を征服する戦いでも活躍した赤ひげの偉丈夫である。

「神を恐れぬ異教徒どもめ。何百年にもわたって積みかさねてきた邪教崇拝の罪に報いをくれてやるぞ」

クレマンスは、まじめなイアルダボート教徒であった。たいそう信心深く、また同じイアルダボート教徒に対しては親切で公正で気前がよかった。「正義の人クレマンス」と、ルシタニアでは呼ばれていたのである。

だが、異教徒に対しては残忍であった。彼から見ると、異教徒とはすべて悪魔の手下であり、その罪はあまりに深くて、殺すしかないのである。「善良な異教徒とは、死んだ異教徒だけだ」というのが、彼のお得意の台詞《せりふ》であった。

「異教徒め、城を無視して西へ進んでおるか。よしよし、日ごろの準備が役に立つというものだ」

一方、パルス軍である。いったん先を急ぐとなると、ザラーヴァントもイスファーンも徹底的に行軍をはやめた。こうなれば一刻も早く敵と出会って戦うまでのこと、と思いさだめたのだ。年長者トゥースの注意も聞き流し、おたがいに、

「ザラーヴァント卿、すこし退《さ》がれ」

「うるさい、おぬしこそ退がれ」

と言いあって譲ろうとしない。

こうして、イスファーンとザラーヴァントは、たがいに張りあって前進をつづけ、ついに第二隊を五ファルサング（約二十五キロ）も引き離してしまった。

第二陣では、千騎長のバルハイがあきれて、

「先走るにもほどがござる。呼びもどしましょう」

そうダリューンに進言したが、黒衣の「猛虎将軍《ショラ・セーナニー》」は短く笑って首を横に振った。

第二陣以下の味方を置きざりにして急進する第一陣は、十六日の午後、ルシタニア軍と出会った。ついに敵と出会ったのだ。ルシタニア軍は公路に土塁《どるい》を築き、パルス軍の来攻を防ぐ構えである。

たちまち戦端が開かれた。敵軍との衝突を後方に告げる一方で、ザラーヴァントとイスファーンは、やや遅れぎみのトゥースの到着も待たず、騎兵隊を突進させてしまった。土塁からはいっせいに矢が放たれ、最初の攻勢の波はさえぎられてしまった。だが、

「あわてるな！　左右に散開して、土塁の後方にまわりこめ。跡形もなく蹴散らしてくれるわ」

ザラーヴァントが命じると、さすがに剽悍《ひょうかん》なパルスの騎兵隊は、いつまでも怯《ひる》んではいなかった。

「おう、こころえた！」

「こしゃくなルシタニアの蛮人どもが。思い知らせてくれるぞ！」

手綱を引き、あらためて馬の腹を蹴り、砂塵《さじん》を巻きあげて突進を再開した。近隣に敵なしとうたわれるパルス騎兵の突進である。

だがルシタニア人たちは巧妙だった。あるいは狡猾だった。土塁の左右に分かれて疾駆をはじめたパルス軍は、土塁の後方にまわりこもうとして、路上に綱が張りめぐらされていることに気づいた。「小細工を」と冷笑しながら、剣を抜いてその綱を斬りはらう。綱が宙に舞ったかと見ると、ぶうんと異様なうなりをたてて、数百数千の石弾がパルス軍の頭上に降りそそいできた。綱は投石器に連動していたのだ。人間の拳《こぶし》より大きな石が、雨のように落下し、人や馬にたたきつけられた。悲鳴を放って馬が横転し、騎兵が落馬したまま動かなくなる。

さすがにザラーヴァントもイスファーンも退却を指示した。そこへ、土塁から躍り出したルシタニア騎士たちが槍先をそろえて突きかかってきた。

「異教徒どもを逃がすな！」

勝勢にのったルシタニア騎士たちが追いすがる。そこへトゥースのひきいる四千騎が到着し、衝突した両軍はたちまち乱戦状態となった。トゥース自身、数騎のルシタニア騎士を同時に相手どることになった。

挟撃されたトゥースは、顔色も変えなかった。右手の剣をひらめかせて、複数の斬撃をふせぎ、ふせぎつつ、左肩に巻きつけていた鉄鎖《てっさ》をはずした。

すさまじい速さで鉄鎖が繰り出され、ルシタニア騎士の顔面にたたきつけられた。鼻柱が折れ、前歯がくだけ、顔面を血だらけにして、騎士は馬上からもんどりうった。他の騎士がおどろく間もなく、鉄鎖は宙にうねって、さらにふたりを馬上からたたきおとす。

パルスのはるか南方、ナバタイ国に伝わる鉄鎖術であった。トゥースは十歳のときからそれを学び、剣以上に習得していたのである。

イスファーンとザラーヴァントの危機をいちおう救って、トゥースは面目をほどこしたが、ルシタニア軍の攻勢を、それ以上はささえることができなかった。後退を指示し、追いすがるルシタニア軍をどうにか払いのけつつ後退していった。彼の鉄鎖術のすさまじい威力は、ルシタニア騎士たちを恐れさせたが、彼の個人的な武勇だけで、全軍の敗勢をくつがえせるものではない。パルス軍第一陣は押しまくられ、踏みとどまれず、第二陣の援護も受けられず、後退をかさねていった。

ところがそこへ急使が駆けつけたのだ。

「一大事です。敵を深追いしている場合ではありません。チャスームの城がパルス軍に攻撃され、陥落寸前です」

「な、何だと⁉」

クレマンスは仰天した。いくら戦闘に勝っても、チャスーム城を奪われては、ルシタニア軍は帰る場所を失ってしまう。

あわててクレマンスは攻撃停止を命じ、軍を返した。勝勢に乗って深追いしたため、ずいぶん城から離れてしまっている。パルス軍の醜態は、さては陽動作戦であったのだろうか。

急にルシタニア軍が追撃をやめ、反転していったので、トゥースらは敗軍をまとめ、再編しつつ、ルシタニア軍の後方を追尾しはじめた。このあたり、トゥースの統率力は、ただものではない。先を急ぐルシタニア軍は、ひときわ大きな断層の傍を通過した。

そのときである。豪雨のような音が薄暮《はくぼ》の空をおおったかと思うと、無数の矢がルシタニア軍に襲いかかってきた。絶叫をあげてルシタニア兵はばたばた倒れていく。いつのまにか断層にパルス軍が潜んでいたのだ。

「ばかな……」

うめいたクレマンスは、自分が罠にはまったことをさとった。パルス軍の別動隊は、チャスーム城にとりつくとみせて土塁にひそみ、無防備に通過するルシタニア軍を急襲したのである。混乱するルシタニア軍に、断層から飛び出したパルス軍が突きかかってきた。

パルス軍の先頭には、黒衣の騎士が黒馬を走らせていたが、クレマンスを指揮者と見さだめると、彼にむかって一直線に殺到してきた。剛弓から放たれたように速く、力強い突進であった。さえぎろうとする味方の騎士たちが血煙を噴いて馬上から転落した。クレマンスは自分が叫び声をあげるのを聴き、パルス人の長剣が薄暮の光にかがやくのを見た。

「さあ、このような姿になりたい者は、ダリューンの前に馬を立ててみよ！」

瞬間、ルシタニア軍は声を失っていたが、クレマンス将軍の生首を眼前に放り出されると、悲鳴をあげて逃げだした。クレマンスは強剛といわれる男だったのに、黒衣のパルス騎士に一刀で斃《たお》されてしまったのである。

ルシタニア軍にカステリオという騎士がいて、クレマンスに家族の生命を助けてもらったことがあった。カステリオは、恩人の讐《かたき》をうとうとして、逃げくずれる味方のなかでただひとり踏みとどまり、パルス軍に向けてつぎつぎと矢を放った。二騎を射落としたが、三騎めの、長く美しい髪をしたパルス人のため右肘《みぎひじ》を射ぬかれてしまった。カステリオが落馬したのを見とどけると、そのパルス人、つまりファランギースは部下に命じて彼を捕虜にした。勇敢なルシタニア騎士は、革紐《かわひも》でくくられて、パルス軍の総帥《そうすい》のもとに引きずり出された。死を覚悟していたが、まだ少年の総帥は、彼の生命を奪わなかった。

「生きてエクバターナへもどり、ルシタニア国王に告げるがいい。近い日、かならずパルス流の礼節をもってアルスラーンがお目にかかるであろう、とな」

こうして騎士カステリオは自分自身と愛馬の生命を救われ、不名誉な敗北を味方に知らせる使者となって大陸公路を西へと走り去ったのである。

第四章　汗血公路

I

無力化したチャスーム城を二千の歩兵に包囲させておいて、パルス軍は西進をつづけた。城塞《じょうさい》がほしくて戦ったわけではない。妨害物を排除し、後方の安全が確保されればそれでよいのである。チャスーム城の兵力は城外でほぼ潰滅《かいめつ》し、残兵は要害にたてこもってなお抵抗の意思をしめしている。彼らが「死んでも異教徒には降伏せぬぞ」と悲壮な決心をかためるのは、彼らの勝手だが、パルス軍がそれにつきあわなくてはならぬ義理はないのだ。

そういうわけで、パルス軍は大陸公路をまっすぐ進んでいったのであった。

ルシタニア軍にとっては、計算ちがいもいいところである。要害であるチャスーム城にパルス軍を引きつけ、すくなくとも十日ほどは時間をかせぐつもりであったのに、たった一日でパルス軍はそこを通過してしまったのだ。

「あほうめ、なぜ城を出て戦ったのだ。なぜ城にたてこもって敵に攻囲させなかった」

そう歯ぎしりしたのは、ボードワン将軍であった。王都に帰って、対パルス戦の実戦指揮をギスカール公からゆだねられたのだ。

「いまさら言っても詮ないことだ」

重苦しく、モンフェラート将軍が同僚をなだめた。彼もまた実戦指揮の責任を、ボードワンとともに分担するのである。王弟ギスカール殿下から信任を受けたことは嬉しいが、責任は両肩に重かった。

騎兵のこと、歩兵のこと、糧食のこと、地形のこと……討議しあううちに、今度はモンフェラートが吐息した。

「おれが思うに、そもそもアトロパテネの戦いで勝ってしまったのが、まちがいであるような気がする。あれで引き分けか惜敗《せきはい》であったら、われわれはマルヤムまで遠征をやめて、故国《くに》へ帰れていたかもしれぬな」

「おいおい、おぬしのほうこそ詮ないことを口にするものではないか。アトロパテネで勝ったからこそ、パルスの富を、われわれは手中に収めることができたのだぞ」

ボードワンが苦笑し、気をとりなおしたようにモンフェラートはうなずいた。だが、彼らはギスカールの信任を受けるほど有能な武将であり、有能なだけに、味方の弱点が見えてしまうのだった。

ひとつには、ルシタニア軍の、とくに下級兵士たちの間で、故国に帰りたいと望む声があがりはじめていた、ということがある。兵士といっても、ルシタニア軍三十万弱のなかで職業的な兵士は十万ていどだ。あとは農民や牧夫などの出身である。彼らにしてみれば、異教徒をやっつけた、ささやかながら財宝の分け前にもあずかった、運よく生き残ったのだから、そろそろ故郷に帰って平和な生活にもどりたい、というのが本心である。

「パルスたらいう遠い国まで行って、悪魔みたいな異教徒どもをやっつけてきた勇士が、村に帰ってきたとよ。大したもんだ。うちの娘を嫁にもらってくれると、わが家にとっても名誉なこったて……」

そういう光景を、若い兵士は想像したりするわけである。彼らこそ、パルスの民衆からみれば、侵略者であり、掠奪者であり、殺人者であり、それこそ伝説にいう蛇王ザッハークの手下どものような存在なのだ。だが、貧しい知識と、純粋だが狭い信仰心は、人間から想像力を奪ってしまう。自分たちと異なる神を信じ、異なる文化と風俗のなかで平和に生活する人々が存在するなどと、考えることもできないのだ。

いずれにしても、「勝った勝った」と浮かれさわぐ段階はとうに過ぎ、遠征軍の士気を高く維持するのがむずかしい時期に来ている。

そのことは、モンフェラートやボードワンだけでなく、ギスカールも承知していた。むっつりと考えこむ王弟殿下に、部下のひとりが、なぐさめるような、また媚《こ》びるような声をかけた。

「いずれにしても、アンドラゴラス王を生かしておいて、よろしゅうございましたな」

仮にパルス軍がエクバターナまで進撃してきても、アンドラゴラス王を城門の上に立たせ、その生命を奪うと脅してやれば、パルス軍は手も足も出ない。

「さあ、どうかな」

ギスカールは、それほど楽観してはいなかった。もしアルスラーンという王子が、「父親の生命より王位のほうがだいじ」という人間であったら、アンドラゴラス王に人質としての価値はない。アンドラゴラスを殺せば、かえってアルスラーンに王位への道を開いてやるだけのことだ。アンドラゴラス王を人質とする、という考えは、世事《せじ》にまったく無能なイノケンティス王でさえ思いついたことだ。パルス軍のほうがそれに気づかないはずはない。

第一、戦いもしない前からアンドラゴラス王を人質にするようなことを考えていてどうするのか。敗れれば手段を選んでいられなくなることはたしかだが、その前に勝つ方策を考えるべきだろう。

実戦はモンフェラートとボードワンにゆだねるとして、糧食をととのえ、武器をそろえ、全軍の秩序をとりまとめ、エクバターナの城壁を修復し、水をたくわえ、いっさいの基本的な計画を立案して責任者を選ぶ。こういったことは、すべてギスカールの仕事であり、彼の苦労はたいへんなものであった。

「もうすこしのことだ。もうすぐいっさいに結着《かた》をつけてやる」

ギスカールは決意した。アルスラーン王太子のパルス軍を撃滅する。生かしておく必要がなくなったアンドラゴラス王とタハミーネ王妃も殺す。得体の知れない、日ごとに危険な雰囲気をます銀仮面も排除する。ボダン大司教もかならず始末する。そして、すべての敵対者をかたづけた上で、彼は手に入れるのだ。ルシタニア、マルヤム、パルス、旧三国にまたがる新帝国の支配者の座を。

「誰にも異議は唱えさせぬぞ」

ギスカールのつぶやきは、彼自身に向けられたものであった。兄から王位を奪いとることは、さすがに、後ろめたさをともなう行為であった。だからこそ今日まで王弟の身分に甘んじ、国政と軍事の実権をにぎるという立場で満足してきたのである。だが、もはや充分ではないか。

「すべてがうまく運んだとしたら、それは神が欲したまうのだ。神がくださるのを拒むことは、かえって神意にそむくことだ」

まるでボダン大司教のような論法で、ギスカールが自分自身の説得に成功したとき、彼に王位を奪われる予定の男が、のこのこと部屋へはいってきた。

「もうお祈りはおすみですか」

先にギスカールが声をかけると、イノケンティス七世は、秘密めかした表情で声をひそめた。

「すんだ。それより話しておきたいことがあってな。マルヤムとパルスが手を組めば、すこしまずいのではないか、弟よ」

誰やらに、パルスとマルヤムの残党どうしが手を結ぶ可能性を吹きこまれたらしい。

「それは、たしかにまずうございますが、深刻になる必要もございますまい」

「そうかな。だが東からパルス王党派、西からマルヤムの残党、両者にはさみうちされては対応もしにくかろう」

さすがにそのていどのことは理解できるらしく、イノケンティス王の両眼に不安のさざ波が揺れていた。ルトルド侯爵の兵がダルバンド内海でマルヤムの軍船を見た、という噂は、ギスカールも耳にしている。

「敗者どうし傷をなめあったところで、何も生まれはしませぬ。とくに、マルヤムの残党などには何の力もございません。お案じあるな、兄者」

マルヤムといえば、むしろギスカールが心配なのは、ボダン大司教である。ザーブル城を追い出された大司教が逃げこむとすれば、マルヤム国内以外にない。むろん使者を送って、見つけしだいボダンを叛逆罪《はんぎやくざい》でひっとらえるよう命令は出した。だが、マルヤム進駐《しんちゅう》のルシタニア軍では、ボダン派の勢力が強い。まかりまちがえば、マルヤムこぞって王と王弟にさからうこともありえるのだった。

事態の処理に、もし失敗したら、彼らルシタニア人は、太陽かがやくパルスの空から、肥沃なパルスの大地から、永遠に追い出されるだろう。そして支配者としてではなく、単なる盗賊の群として、パルス人どもの記憶に残るだけだ。壮麗な開幕に比べ、何とも惨めな結末ではないか。

兄王をいちおう安心させて帰すと、ひと息いれて、ギスカールはパルス葡萄酒《ナビード》の銘品《めいひん》を部屋に運ばせた。雪花石膏《アラバスター》の酒杯に紅玉《こうぎょく》色の酒を満たし、銀の皿にシトロンの実と巴旦杏《アーモンド》をのせて侍女が引きさがると、ギスカールは酒杯をとって口につけようとし、ふとその手をとめてひとりごちた。

「さて、パルスとルシタニアと、どちらの神が勝つことやら。こちらはひとり、あちらは多勢だが……」

II

チャスーム城が抜かれた後、パルス軍の進撃に直面することになったルシタニア軍の拠点は、聖《サン》マヌエル城である。城の名は、ルシタニアの歴史上、貴族としてははじめてイアルダボート教に改宗した人物に由来する。もともと旧《ふる》い時代、パルスの砦《とりで》であったが、放置され荒廃していたところを、ルシタニア軍が改築して使っているのである。

城守はバルカシオン伯爵という。どちらかといえば武勇より学芸の人で、ルシタニアにいたころは王立図書館長をつとめていたこともある。年齢も六十歳に近い。頭部は前半がはげあがり、後半が白髪で、口ひげだけがなぜか黒かった。彼は城内の広間に騎士たちを集めた。

「王弟殿下よりのご命令である。忠実なるルシタニア臣民にして敬虔《けいけん》なるイアルダボート神の僕《しもべ》たちよ、心して聞け」

おごそかにバルカシオン伯爵が告げると、騎士たちは甲冑や剣環《けんかん》を鳴らしてうやうやしくひざまずいた。壁面にとりつけられた数十の松明が火影《ほかげ》をゆらめかせている。

王弟ギスカール殿下からの命令は、チャスーム城の場合と異ならぬ。来《きた》るべき異教徒との決戦に先だって、異教徒の軍をこの城でささえ、時間をかせぎ、すこしでも敵の戦力を消耗《しょうもう》させよ、というのである。エクバターナの本軍もできるだけ早く陣容をととのえて救援に赴《おもむ》くからそれまでがんばれ、とも伝えてきたが、正直なところ、バルカシオン伯は、救援をあてにはしていない。自分たちが巨大な軍略のなかの小さな捨石であることは、とうに覚悟している。

「王都では何やら諍《いさか》いがおこり、大司教ボダン猊下《げいか》が出奔なさったとか、聖堂騎士団《テンペレシオンス》がマルヤムから来てまた去ったとか、さまざまな噂がこの地へも流れてくる」

バルカシオン伯が一同を見わたした。

「だが、そのような噂が事実にもとづいているとしても、われらが意に介することはない。われらはルシタニア人として、またイアルダボート教徒として、自他に恥じぬ戦いぶりをしめすだけだ。諸卿よ、忘れてはならぬぞ。われらは正義なる神が異教の悪魔どもを地上より一掃したもう、その尖兵《せんぺい》であることを！」

「神よ、守らせたまえ」

騎士たちはいっせいに頭《こうべ》をたれた。

集会をすませ、広間を出て、自室へと歩き出したバルカシオン伯は、弓形《アーチ》の天井を持つ薄暗い廊下で、ひとりの騎士見習に声をかけられた。

「伯爵、お待ちください」

「おお、そなたか、何ごとだ」

立ちどまった伯爵に語りかける声は、若々しく熱っぽかった。身体も小柄である。パルス軍との戦いに、自分も第一線に出してほしい、と望む言葉を聞いて、伯爵はかるくかぶりを振った。

「気持はわかるが、おぬしの身は祖父君からお預かりしたもの。あえて戦いの場に出るより、自重して後の機会を待ってほしいものだが」

「これは心外なことをおっしゃる。わたくしが祖国を発《た》ってこの地まで参りましたのは、ひとえに戦うためでございます。マルヤムでもパルスでも、何のかのと理由をつけては後方に置かれてきました。ぜひとも、今回は、パルスの異教徒どもに一矢むくいてやらねば気がすみませぬ」

「しかしな、エトワールよ」

「たとえ伯爵のお許しがいただけなくとも、わたくしは戦いに参加いたします。あ、増上慢《ぞうじょうまん》に聞こえましたら、おわび申しあげます。それほどまでに異教徒との戦いを望んでおりますこと、お察し下さい」

バルカシオン伯は、重そうな瞼の下から、エトワールという名の騎士見習を見やった。

思慮深そうな老人の視線は、若い視線にはじき返された。

「どうやら、とめても無益なようじゃの」

ため息まじりの一言であった。聞いた者は、言った者より、はるかに喜んだ。

「では伯爵、お許しいただけるので？」

「しかたあるまい。だが、くれぐれも軽挙をつつしんでくれよ。おぬしに万一のことがあれば、祖父君に申しわけがたたぬでな」

「はい、心えまする。どうも、お時間をとらせて申しわけございませんでした」

たてつづけに低頭《ていとう》して、騎士見習は身体をひるがえし、石畳の上をはねるように駆け去った。伯爵は首を振ってつぶやいた。

「一度戦えば、戦いの悲惨さもわかろう。それもまず一度の戦いに生き残れたらのことじゃが」


緒戦に勝ったパルス軍のなかにも、憮然《ぶぜん》とした顔がいくつか見られた。第一陣が、とくにそうであった。

ザラーヴァントやイスファーンにしてみれば、最初の戦いはまことに不面目なものだった。ルシタニア軍の小細工にひっかかって敗走するところをトゥースに救われ、敵将の首はダリューンの獲《と》るところとなった。ザラーヴァントやイスファーンは、単なる引きたて役で終わってしまったわけである。残念というしかなく、自分たち自身の腑甲斐《ふがい》なさが口惜《く や》しくてたまらぬ。

「つぎの戦いでは、かならず自分たちが面目をほどこしてみせる」

決意もかたく、イスファーンとザラーヴァントは、第一陣をひきいて突き進む。彼らに並んで、こちらはすでに面目をほどこしたトゥースが、べつに誇るでもなく、逸《はや》りたつでもなく、淡々とした表情で軍を進めている。

「負けても、こりたように見えませぬな。また痛い目を見ねばようござるが」

千騎長のバルハイが皮肉るのを聞いて、「戦士《マルダーンフ・マルダーン》のなかの戦士」ダリューンは笑った。

「負けてしょぼくれるより、はるかによいさ。あの者たちが自分の役を果たしてくれなかったら、たった一日でチャスーム城を無力化することなどできなかったのだからな」

そのとおりであった。イスファーンとザラーヴァントの負けっぷりがよかったからこそ、ルシタニア軍はつい勝勢に乗って深追いし、その結果、ナルサスの打った奇策が、ことごとく図にあたったわけである。

「毎回毎回、ただ勝ちというわけにはいくまいな。なるべくなら王都の城門を見るまで、流れる血の量を減らしたいものだが、ルシタニア軍としてはその反対を望んでいるだろう」

黒衣の騎士は、黒い冑《かぶと》をかぶった頭をめぐらして、軍列に埋もれた道すじを見やった。

「この大陸公路が、いずれ人馬の血と汗で塗りかためられることになるだろうな」

五月二十日、パルス軍はシャフリスターンの野に布陣し、広大な土地で狩猟祭《ハルナーク》をもよおした。

パルスにかぎらず、大規模な狩猟は、戦いの重要な訓練の場である。とくに馬術と弓術をきたえる上で、軽視することができない。シャフリスターンの野は、パルス五大猟場のひとつに算《かぞ》えられ、獅子《シール》、雪豹《ユーズ》をはじめとして獲物がきわめて豊富であった。ほぼ東西五ファルサング（約二十五キロ）、南北四ファルサング（約二十キロ）の広さに、草原があり森林があり沼地があり、地形はけわしくはないが起伏に富んで、パルス人にとっては馬を駆る楽しみを、こころゆくまで味わうことができる場所である。

戦いを前にした祝祭であり、ほど近い聖《サン》マヌエル城にこもるルシタニア軍に対する示威であり、パルスの民に王権の回復が近いことを知らせるとともに、神々に対しては獲物をささげて加護を祈る。いくつもの目的があってのことで、のんびりと遊びほうけるわけではなかった。

だからといって、しかつめらしくしている必要は、むろんない。アルスラーン以下、百騎から二百騎の小さな集団をつくって野を駆け、矢を放ち、パルス人らしいやりかたで自然とのつきあいを楽しんだ。もっともアルスラーンは、性格上、兎や鹿に対してはどうしても矢を放てないのだが。

さて、賢明にして権略に富んだナルサスでも、人界のすべてのできごとに通暁《つうぎよう》しているわけではなく、まして偶然のできごとまで知ることはできない。千騎をかぞえるルシタニア騎士が、聖《サン》マヌエル城から出てシャフリスターンの野に近づいていることを知りようもなかった。

この一隊が、シャフリスターンの南縁部で、二百騎ほどの騎士をつれたパルスの王太子と、ばったり出くわしてしまったのである。

ルシタニア人にとっても、狩猟は重要な儀式であるが、この場合、もっと深刻な意味があった。ひとつには、戦いにそなえて鹿や野牛の肉をたくわえるため。ひとつには、接近してくるパルス軍のようすを調べるためであった。公路を進んでくるパルス軍と直面するのを避けて迂回した、その結果がこうであった。

パルスの神々をうやまう者たちと、イアルダボート神をたたえる者たちと、どちらがよりおどろいたかわからない。一瞬の空白を、彼らは共有したが、まさしく一瞬でしかなかった。たちまち敵意が沸騰《ふっとう》し、剣が鞘走った。太陽のかけらが、地に投げられたように、その瞬間から野獣たちは無視されて、人間どうしの狩りあいがはじまった。刃鳴《はな》りがひびきわたり、どちらが先に斬りかかったかわからぬ。詮索する意味もない。無数のきらめきが天と地の間を埋めつくした。

III

ファランギースは馬上で弓をかまえ、殺到するルシタニア兵に向けて、たてつづけに弦を鳴らした。至近距離からの連射であった。五度めに弦が死の曲を奏でたとき、五人めのルシタニア兵が右脇を射ぬかれ、両足で宙を蹴りながら落馬していった。

「誰か、早くダリューン卿かナルサス卿に知らせよ!」

ファランギースは叫び、叫び終えたときには六人めの右上腕部を射ぬいて、戦闘不能の状態におとしこんでいた。馬の頸にしがみついて、かろうじて落馬をまぬがれたルシタニア兵は、そのままの方向に馬を走らせていったが、前方の林からにわかに百騎ほどの騎影が躍り出し、不幸な男を馬上からたたき落としてしまった。むろんそれはルシタニア人の集団ではなかった。比較的、近い距離にいたキシュワードの一隊が、剣のひびきや人声を聴いて駆けつけてきたのだ。たちまち乱戦の渦は拡大し、血なまぐさささを濃くした。

ミスル国やシンドゥラ国の将兵に恐れられる「双刀将軍《ターヒール》」キシュワードが、その神技をルシタニア人に見せつけたのは、この日が最初であった。

キシュワードの両手に剣光がひらめき、たちどころに血光が発せられた。頸部の急所を断たれたルシタニア兵が、ふたり同時に鞍上にのけぞり、陽光を噴血にかげらせながら地へ落ちていった。

そのころ、馬を飛ばしたエラムは、野の草を馬蹄に蹴散らして、ナルサスのもとへ駆けつけていた。

ナルサスは本営の幕舎《ばくしや》で絵図面に見入っていた。彼自身が描いた絵図面ではない。シャフリスターン一帯の地形や道すじを正確に、また巧みに描いた、専門の画師《えし》の手になるものだ。緑茶の茶碗を手にしたとき、エラム少年が駆けつけて急を知らせ、未来の宮廷画家は茶を飲みそこねてしまった。

ナルサスにしてみれば、これほど「洗練されない」遭遇戦で血を流すことに耐えられない思いであったが、だからといって王太子らを見殺しになどできぬ。

「エラム、ご苦労だがダリューンの陣へ行って事の次第を知らせてくれ。おれもすぐシャフリスターンへ行く」

絵図面を放り出すと、自分の乗馬をつないだ場所へ駆けだした。騎士のひとりに、聖《サン》マヌエル城方面の道を封鎖するよう指示し、馬に飛び乗って走り出す。肩ごしに振りむくと、遅れずにしたがう者はただ一騎だけであった。赤みをおびた髪を水色の布につつんだ少女だ。

「すばやいな、アルフリード」

「それだけが、あたしの取柄だもんね」

「弓は持ってきたか」

「むろん。敵を十人と味方を五人ぐらいは射落とせるよ」

「味方を射落とされてはこまるな」

「あたしもそのつもりはないけど、あたしの矢はときどき近眼になっちゃうんだよ」

この娘と話していると深刻さを忘れるな、と思いつつ、ナルサスは馬を走らせていった。

ところが、事態はけっこう深刻であった。

アルスラーンには、奇妙に要領の悪いところがあるらしかった。逃げるように、と、部下に言われ、すなおにそうしたはずなのに、いつのまにやらファランギースやジャスワントともはぐれてしまい、ただ一騎、白楊樹《ポプラ》の林の蔭で、巨体のルシタニア騎士とむかいあっていたのだ。

せめて自分ひとりの生命ぐらい自分で守らなくては、と、アルスラーンは考えた。相手が例の銀仮面ことヒルメス王子のような剛雄であるなら、ダリューンかキシュワードにまかせるしかない。だが、相手は単なる騎士ではないか。おそらく。

アルスラーンの内心などにはおかまいなく、そのルシタニア騎士は剣をかざして突進してきた。その巨体と迫力に圧倒されながらも、アルスラーンはたくみに手綱をあやつって、その突進をかわした。甲冑と鞍が、重々しいひびきをたてて、アルスラーンのすぐそばをかすめすぎていった。騎士はうなり声をたてて馬首をめぐらし、ふたたび迫ってきた。

アルスラーンが見せかけの攻撃をかけると、騎士はやや大げさに馬ごと跳びのき、つづいて反撃に転じた。力強いが大まわりな斬撃だったので、アルスラーンは充分に受けとめることができた。鋭い刃鳴りと同時に、手首に重い衝撃が伝わった。剛力の男だった。剣も重く、斬撃も重い。まともに撃ちあえば、手がしびれて、剣をとりおとしてしまいそうであった。

さいわいに、馬術ではアルスラーンのほうがまさっている。まだ十五歳にもなっていないとはいえ、パルス人は騎馬の民だ。

ルシタニア騎士は、死に直結する斬撃をつぎつぎと繰りだしたが、ほとんどは空を切り、巨体を泳がせるだけであった。

ついにアルスラーンの剣が、がらあきになったルシタニア騎士の頸すじにたたきこまれ、勝敗は決した。馬の背から地上まで、ごく短い旅をする間に、騎士は苦痛から永遠に解放されていた。アルスラーンの背後で、べつの悲鳴があがった。王子に肉迫して槍を突き刺そうとしたルシタニア人が、空中から急降下した影に、両眼を切り裂かれたのだ。

「告死天使《アズライール》!」

アルスラーンが呼びかけて左手をあげると、勇敢な鷹《シャヒーン》は大きくはばたいて、翼を持たない友人の手首にとまり、ひと声ないた。

ほっとアルスラーンが肺から空気の大きなかたまりを吐き出したとき、あらたな騎馬の影が駆け寄ってきた。告死天使《アズライール》が威嚇《いかく》の声をはりあげた。だが、頭に白いターバンを巻いた男は、ルシタニア人ではなかった。

「ああ、殿下、ご無事でしたか。ようございました。もし殿下の御身に何かあったら、私は、ダリューン卿とナルサス卿とファランギースどのとに、よってたかって絞め殺されてしまいます」

シンドゥラ人の若者が拙劣《へた》な冗談を言い終えないうちに、複数の馬蹄のひびきが湧きおこり、ルシタニア軍の人馬がひとかたまりになって、アルスラーンとジャスワントの視界に乱入してきた。ふたりと一羽と二頭は、たちまち包囲され、振りかざし振りおろされる白刃の環《わ》に閉じこめられてしまった。

ルシタニア騎士の斬撃を受けとめ、短いが激しい刃あわせの末に地上に撃ち倒したジャスワントが、視線を走らせて、歓喜の声をあげた。

「ダリューン卿だ！」

そのとおりだった。急接近する漆黒のマントの裏地が、血ぞめの旗めいてひるがえっている。その姿にむけ、大剣を振りかざしてルシタニア兵が馬を躍らせた。

だが、黒衣の騎士は鋼鉄の颪となってルシタニア人の傍《かたわら》を駆けすぎていた。パルスの長剣が死をもたらす雷光となって撃ちおろされ、ルシタニアの冑をたたき割り、それに守られていた頭蓋骨を砕け散らせた。

ルシタニア人の血が、紅い雨となってパルスの大地に降りそそいだ。ダリューンのマントの裏地がちぎれ飛んだかと見えるほどであった。

黒衣の騎士は、くすんだ銀色の刃によって鮮紅色の弧を宙に描いた。未熟な吟遊詩人であれば、「斬って斬って斬りまくった」としか形容できないであろう。彼の周囲からはルシタニア語の悲鳴と絶叫が湧きおこり、そのたびに生者の汗と死者の血が飛び散った。

死闘が展開されるにしたがって、土煙が舞いあがり、それが戦士たちの口や鼻から肺へと吸いこまれる。生者、死者、半死者が馬上と地上でもつれあい、からみあい、ぶつかりあって、いつ果てるともしれなかった。

いまやパルス人とルシタニア人の数は拮抗《きっこう》していた。パルス人のほうには、ふたりの万騎長《マルズバーン》がいて、三本の剣で敵をなぎはらい、パルス人の地獄とルシタニア人の天国の双方に、つぎつぎと敵を送りこんでいる。

アルスラーンの左にはジャスワントがいて剣をふるい、右には駆けつけたファランギースが近矢でルシタニア人を射落としていた。

ルシタニア軍は斬りたてられ、突きくずされた。彼らは弓や剣を持たない獣を狩りたてるつもりであったのに、彼ら自身が異教徒どもの獲物にされつつあった。

異教徒に背をむけることは、イアルダボート神の戦士たる誇りが許さなかった。だが人数は不利になる一方であったし、事情を味方に知らせる必要もあった。決意したひとりの兵士が、退却を告げるために左手でラッパをとりあげ、まさに吹き鳴らそうとした。

ファランギースが矢を放った。

ルシタニア兵はラッパを吹くことはなかった。永遠に。ラッパは陽光を反射しつつ地面へと舞い落ち、石にあたって転がった。その所有者は、咽喉に矢を突きたてたまま、馬上から姿を消した。

このラッパが吹き鳴らされなかったため、ルシタニア軍は秩序ただしく退却するきっかけを失い、ずるずると混戦の深みにはまってしまった。混戦のただなかで、ダリューンの勇戦は他を圧し、その黒衣はルシタニア人にとって死の象徴となった。彼は長槍を鞍の横にかけていたが、まだそれを使わず、おそるべき長剣を縦横にふるって、宙と地上の間に流血の橋をかけた。

突然、矢の羽音がダリューンめがけて走った。

狙いは正確だった。ダリューンの黒い胸甲に矢は音高く命中した。だが狙いの正確さに比べて弓勢は弱かった。矢は胸甲をつらぬくことができず、はね返って砂塵の中に舞い落ちた。

黒い冑の下から、ダリューンは鋭く視線を放って、自分を射た相手を見た。斑馬《ぶちうま》に乗ったルシタニアの甲冑姿。手にした弓に、あらたな矢をつがえ、弦をしぼったところだった。ダリューンが突進する。満月状の弓から矢が切って離される。長剣の刃が、飛来する矢を斬り飛ばす。射手が必死になって馬ごと相手の攻勢を避けようとしたとき、ダリューンの長剣がうなりをあげた。はじけるような音がして、両断された弓が宙に飛び、剣の平がルシタニア人の冑をなぐりつけた。

手ごたえは意外に弱かった。小柄な身体に大きな甲冑を着用していたのだ。それが人体への衝撃を弱めたのだろう。ルシタニア騎士は馬上で身体を揺らし、均衡をくずしたが、手綱をひいて落馬をまぬがれた。身がわりになったように、冑が飛んで落ちた。

ルシタニア人の頭部がむき出しになった。風にひるがえったのは髪だった。肩の下までとどく長さの髪。あわい褐色の、つやのある髪。それが白い顔の三方をつつんでいた。

「女か！」

豪胆なダリューンも、さすがに意表をつかれた。その瞬間に、相手は、剣を抜き放ち、鋭く突きこんできた。

電光のような一撃だった。だが、ダリューンは、おどろきはしても油断してはいなかった。長剣で受けて、手首をかえすと、ルシタニア人の女性の剣は、音高くはねあがり、弧を描いて地に落ちていった。

冑を失い、武器を失って、なおルシタニアの女戦士は、すこしもひるんではいなかった。濃い蜂蜜色《はちみついろ》の瞳に激しいかがやきを宿している。

「殺せ！　異教徒め！」

叫んだ顔は、美しいがまだ子供であった。せいぜい十五歳、アルスラーンと同年輩であろう。とても殺す気にダリューンはなれなかった。

「悪いことは言わぬ。逃げろ」

短く言いすてて馬首をめぐらしかけたが、少女は敵の情に甘んじなかった。

「卑怯者！　女に背を見せるのか。とってかえして勝負せよ！　パルス人は度しがたい臆病者か。それとも……」

たてつづけの叫び声は、途中からルシタニア語に変わってしまい、ダリューンには理解できなくなってしまった。彼は苦笑して、馬を駆り、その場を離れようとした。

ふと、ダリューンが気を変えたのは、この少女が夢中で戦場を走りまわっているうちに、容赦ない兵刃にかかって生命を落とす可能性が高く思えたからである。彼は無言で黒馬をルシタニア人の少女に向けると、鞍から長槍をとりはずした。

その動作を見て、ルシタニア人の少女は、すばやく動いた。逃げようとしたのではない。地上に落ちた剣をひろおうとしたのだった。その気丈さに感心しながら、ダリューンは長槍を繰りだした。

長槍は、少女の甲《よろい》の襟《えり》をおそろしいほどの正確さで突きとおしていた。ダリューンが両腕に力をこめて槍身を持ちあげると、少女の身体は鞍から浮きあがってしまった。少女は白い顔を朱に染め、両足で空を蹴った。

「離せ！　無礼な。何をする!?」

身が軽くなった馬は、ひと声いななないて、人間どもが殺しあう場所から逃げ去ってしまった。宙でもがきながら、少女は、ひるむことなく怒りと抗議の声をあげつづけた。

「とりあえず、とりおさえておけ。まだ子供だからな。あまり手荒にあつかうなよ」

駆けつけた三、四人の部下にそう命じて、ダリューンが槍身をななめにすると、少女は、地上にすべり落ちて、とりおさえられてしまった。

そのとき聞きおぼえのある声がして、軍師のナルサスが乱戦のもやを突っきってきた。

「ダリューン、ダリューン！」

「やあ、ナルサス。殿下はご無事だ。ところでいま妙な獲物をつかまえたところでな」

「それよりも、このまま走って聖《サン》マヌエル城に攻めかかるぞ、ダリューン」

「なに、本気か」

おどろいたダリューンだが、すぐに友人の意図を諒解した。今日の両軍の衝突は、ルシタニア軍としても思わざる偶発事だったのだ。そして事情がパルス軍の本営に知れているのに比べ、おそらくルシタニア軍のほうでは事情を知らない。このままパルス軍が聖《サン》マヌエル城に殺到すれば、ルシタニア軍は不意をつかれる。逃げこんでくる味方を救うためには城門を開かなくてはならないから、そこから城内に突入することもできよう。もし城門を閉ざして味方を見殺しにする気なら、それはそれでしかたない。あらためて城を攻囲するだけのことである。当初の予定どおりになるというだけだ。

「それにしても、ナルサス、おぬしいつから深慮遠謀を棄てて、なりゆきまかせの用兵をするようになったのだ？」

「なりゆきまかせとは人聞きの悪い。臨機応変と言ってくれ」

アルスラーン麾下《きか》で最大の雄将と、最高の智将とは、笑いあうと、味方をさしまねいてそのまま馬の脚を速めていった。

Ⅳ

誰ひとり想像もしなかったような形で、聖《サン》マヌエル城の攻防戦は開始された。

ルシタニア人にとっては動転ものであった。城の南方に土煙が舞いあがった。はて、味方が猟場から帰ってくるにしては土煙の量が多いな、と思っていると、たちまち城門前に騎馬の群がなだれこんできたのだ。敵と味方がもつれあい、隊列に区別がつかない。

このとき、城守バルカシオン伯爵が非情の人であれば、城外の味方が泣こうが喚《わめ》こうが、城門を閉ざしてパルス軍の侵入を防いだにちがいない。というより、それ以外に、城を守り、王弟ギスカール殿下の命令を守る方法はなかったのである。だが、バルカシオン伯はためらった。閉ざされた城門の外で、追いつめられた不幸な味方が皆殺しにされる光景を想像し、それに耐えられなかった。こうして、バルカシオン伯がためらっている間に、事態は、とりかえしがつかなくなってしまった。

パルス軍の先頭に立つダリューンは、城を攻囲する態勢をとらせようとしていたのだが、城門が閉じられていないのを見て、とっさに判断を変えた。バルカシオン伯と対照的な決断力であった。

「突入するぞ、ナルサス！」

肩ごしに宣言すると、人馬一体、漆黒の影となって疾走する。城内に逃げこもうとするルシタニア兵たちとぶつかりあい、もみあい、妨害しようとする者を斬り落としながら、ダリューンは城内に駆けこんでしまった。

城壁や望楼の上で、狼狽とおどろきの声があがった。

「門を、門を閉めよ！」

バルカシオン伯はようやく命じたが、城守の命令を実行しようとした兵士は、綱を切るべく斧《おの》を振りあげたところを、どこからともなく飛来した矢に咽喉《のど》を突きぬかれ、声も出さず、城壁の下へ落ちていった。めくるめく乱刃、乱槍、怒号、叫喚のなかで、敵も味方も気づかなかった。城壁にもっとも近い位置にそびえる岩山の上で、遠矢の神技をしめした若い男が、不敵に口笛を吹き、紺色の瞳に会心の表情を浮かべたことに……。

地上では、剣と槍が激突をくりかえしている。

ダリューンは重い長槍を旋回させ、ふたりのルシタニア兵を鞍上からたたき落とした。

城門の内外は、渦まく甲冑と刀槍の濁流につらぬかれ、もはや扉を閉めることなどできぬ。ダリューンの長槍が、突進してくるルシタニア騎士の胴を突きおとしたとき、あまりの勢いに槍が手もとでへし折れた。折れた槍ごと、ルシタニア騎士は土煙のなかに沈んでいった。

槍を失ったダリューンはすでに長剣を鞘走らせていた。地上に獲物を見出した鷹《シャヒーン》が天空高くから降下するように、長剣は烈しくかがやきわたり、ルシタニア騎士の腕を肘から両断した。

ダリューンという名は知るはずもないが、このおそるべき黒衣の騎士を討ちとろうとして、ルシタニア兵は乱刃をきらめかせた。だが、ダリューンの長剣が巻きおこす人血の暴風を、いよいよ凄絶《せいぜつ》なものにするだけであった。

ダリューンにつづいて、パルス人たちが、甲冑の壁となって突きすすんだ。

「きさまらルシタニア人には、この地で死ぬ権利すらないのだ。パルスの土は、パルス人を葬るために在るのだからな」

そう豪語したのはザラーヴァントである。彼は右手に槍、左手に盾を持ってルシタニア兵のただなかに馬を乗りいれていた。チャスーム城の攻略戦で、いいところを見せることができなかったので、若いパルス騎士は大いにはりきっていた。

その豪語を理解して腹をたてたのかどうか、ひとりのルシタニア騎士が猛然と、槍ごとぶつかってきた。

ザラーヴァントは巨大な槍をしごき、突進してくるルシタニア騎士の胸甲を突き刺した。刺した者の剛力と、刺される者の速度とがあいまって、槍は厚い胸甲をつらぬき、騎士の背中まで突きとおした。

それを目撃して、ダリューンがどなった。

「気をつけろ、ザラーヴァント」

ダリューンは自分が敵の身体で槍を奪われたので、ザラーヴァントが武器を失い、危険にさらされると思ったのだ。

「ご忠告、感謝します、ダリューン卿」

大声で答えたザラーヴァントは、ちょうどそのとき左から躍りかかってきた敵を横目で見ると、ひょいと盾を動かした。おどろくべき力だった。盾の一撃で顔面を撃ちくだかれた不幸な男は、三ガズ（約三メートル）ほど空中を飛んで地上で死んだ。

パルス軍は城門から続々と侵入し、数をまし、ダリューンを中心として陣形らしきものまでととのえはじめた。

「パルスの神々よ、あなたがたの信徒が国土を回復するための戦いをおこなっております。

願わくば御力を貸したまえ」

パルスの騎兵は雄叫《おたけ》びを放った。

「全軍突撃《ヤシャスィーン》！」

彼らは突進した。槍を水平にかまえ、剣や戦斧を振りかざし、石畳に馬蹄をとどろかせて。ルシタニア兵も咆哮《ほうこう》をあげてそれを迎えうった。

たちまち、槍も剣も戦斧も手もとまで血に濡れ、血管から解放された血が甲冑や鞍に飛び散った。

ルシタニア兵たちは、勇敢さと信仰心においてパルス兵に劣らなかった。口々に神の名をとなえながら、侵入する敵に立ちむかう。

だが、勇気と信仰心だけでは、おぎなえないものが多すぎた。パルス軍は勢いに乗っていたし、数もはるかに多かった。ルシタニア軍が一万そこそこしかいなかったのに、パルス軍はその十倍近い。むろん全員が城内に侵入できたわけではないにしても、である。数の圧力とは、たいへんなものなのだ。

聖《サン》マヌエル城の城内は、いまやパルスの戦士《マルダーン》たちが個人的な武勇を思う存分ふるう場と化していた。戦うための条件さえそろっていれば、パルスのマルダーンたちは大陸公路最強の戦士であることを、彼らは事実によって証明しつつあった。まして、ここに集まった戦士たちは、パルスでもとくにすぐれた武勇の持主たちであったのだ。ルシタニア人たちは、まるで草を刈るように撃ち倒されていった。

バルカシオン伯爵は、部下の信望あつい有徳の人であったが、残念なことに、戦場の名将ではなかった。彼の指示や命令は、戦況が進展する速度についていけず、かえって味方を混乱させるだけであった。

信心深く、また城守に忠実なルシタニア兵たちは、いくら不利になっても逃げようとせず、パルス人の猛攻の前に、つぎつぎと倒れていく。

戦いはさらに激しく、血なまぐさくなっていった。

V

聖《サン》マヌエル城の攻略戦は、力ずくの流血であって、洗練された作戦や用兵とは無縁であるように思われることが多い。

したがって、軍師ナルサスの存在も、この戦いでは影が薄いように見えるのだが、そもそも彼が絶妙の判断を下したからこそ、シャフリスターンの遭遇戦が聖《サン》マヌエル城の攻略戦に直結し、たった一日で城はパルス軍の手に落ちたのである。もしナルサスが決断しなかったら、パルス軍は王太子アルスラーンの身を守ることができた時点でいったん矛《ほこ》をおさめていただろう。その間に、ルシタニア軍は城へ駆けもどり、城門を閉めてたてこもる。そして、あらためて押しよせたパルス軍と、城壁をはさんで、戦いは数日におよんだにちがいない。

そうはならなかった。ダリューンの口からいえば「なりゆきまかせ」ということになるが、そうでないことをむろん彼は知っている。

さらにもうひとつ。

「もはや落城は避けられぬ。そうじゃ、城内の糧食を異教徒に渡してはならぬぞ。残念じゃが燃やしてしまえ」

バルカシオン伯の命令で、生き残った騎士のひとりが糧食庫へ火を放ちに出かけたが、そのときすでにナルサスの手で、糧食庫は占拠されていた。城内の糧食は、そのままパルス軍の手にわたってしまった。

「ナルサスはいい家の出なのに、食べ物にこだわるんだものね」

と、アルフリードが笑ったものだが、ナルサスにいわせれば、武器がなくとも知恵と素手で戦える。食物が不足するのだけは知恵でも勇気でも、どうにもならないのだ。

「王太子殿下の御意である。降服する者は助けよ。武器なき者は殺すな。命令に反する者は、自らの生命をもって償うことになるぞ！」

よくとおるダリューンの声がひびいたころ、血闘はほぼ終わりかけていた。地上に立ち、馬上にすわる者は、ほとんどパルス人であった。

「むだに殺すな！　われわれは文明国であるパルスの民だ。ルシタニア人のまねをして、女子供を殺したりしてはならんぞ。掠奪もならん。かたく命じるぞ」

やや皮肉っぽく宣告したのは、「双刀将軍《ターヒール》」キシュワードである。もはや必要なしとして双刀を鞘におさめると、キシュワードは馬からおりた。城壁に寄りかかってすわりこんでいるルシタニアの負傷者のもとに歩みよる。血まみれの負傷者は、身動きもできず、苦しそうに息を吐きだしていた。

「城守はどこにいる？」

そう問いかけられた騎士は、キシュワードを憎悪の目でにらんだ後、口から大量の血をあふれさせ、頭をおとした。舌をかみきったのである。

キシュワードの肩で「告死天使《アズライール》」が翼を波だてた。美髯《びぜん》の万騎長は、憮然として、愛鳥の翼をかるくたたいた。

「そらおそろしい者どもだ。これでは降服する者などいないかもしれぬな」

キシュワードの感想を、ほどなくパルス人全体が共有することになった。エラムは王太子アルスラーンと馬を並べて城守の姿をさがしていたが、ふいに叫んだ。

「殿下、あれを！」

エラムが指さす方角を見て、アルスラーンは声と息をのみこんだ。

そこは城壁の東南角にある高い塔で、望楼に使われていたようだ。だが、いま、そこは投身自殺の場となっていた。甲高い哀しげな叫びをあげて、城内にいる少数の女性や子供が身を投げていた。異教徒の手にかかって殺されたり恥ずかしめられたりするより、自ら神のもとにおもむくことを選んだのであろう。

生命ある者が、それを棄てるために、石のように高みから落ちていくありさまは、数瞬の間、アルスラーンの思考を麻痺《まひ》させた。はっとわれにかえると、アルスラーンは精いっぱいの大声で叫んだ。

「やめろ！　死ぬな！　無事に逃がしてやるから死ぬな！」

周囲の騎士たちを見わたして、アルスラーンはもういちど叫んだ。

「彼らをとめてくれ。誰か彼らをルシタニア語で説得してくれ」

「どうしようもありません。塔の入口は、内側からふさがれています。いま扉をこわさせてはおりますが……」

そう応じたのはナルサスだが、彼でも処置がまにあわないことがあるのだった。

最後の人影が宙に身を躍らせ、石のように落下してきた。着用していた甲冑が、石畳に重く鳴りひびいた。パルス人たちは、あるいは騎馬で、あるいは徒歩で駆けつけ、血を流して倒れている老人の姿を見つけた。

「伯爵さま！　バルカシオン伯！」

悲鳴に近い声が湧きおこって、パルス人の環の間からルシタニア人が飛び出した。ダリューンが槍で吊《つ》りあげた、あの少女だった。大きすぎる甲冑を鳴らしながら、伯爵のそばにひざまずき、抱きかかえるようにする。

「伯爵さま、しっかり！」

「おお、エトワールか、生きておったか」

そう言ったようにも思われたが、唇がかろうじて動いただけだったかもしれない。瞼《まぶた》が落ち、咽喉《のど》の奥で小さな音がして、聖《サン》マヌエル城の城守は息を引きとった。ルシタニアの国都で、王立図書館長をつとめていれば、平穏な一生を送れたにちがいない。それが、遠い異国で、似あわない任務につき、似あわない死にかたをしたのだった。

涙をこらえる目を、少女があげた。

「伯爵さまを殺したのはどいつだ！」

少女は叫び、伯爵の腰にさがった鞘から剣を抜きとった。両手で剣を右肩にかつぐような姿勢をとり、周囲のパルス人をにらみつける。

「名乗りでろ。伯爵さまの讐《かたき》をとってやるから名乗りでろ!」

「その男は地面に墜ちて死んだのだ。地面を斬るわけにもいくまい?」

むっつりと答えたのはトゥースだった。左肩に巻いた鉄鎖は、赤く染まっている。

「だまれえ!」

たいていのパルス人よりみごとなパルス語で叫んで、少女は剣を振りかざしたが、流れるような足どりで前進したキシュワードが、すばやく剣をもぎとってしまった。

「やむをえぬ。縄をかけろ」

キシュワードが命じ、彼の部下が三人すすみ出た。

何をする、離せ、離さぬか、けがらわしい異教徒め、神罰が下るぞ、雷に打たれるぞ、騎士を家畜のように縛《しば》るとは何ごとだ! 少女はマルヤム語までまじえて悪口雑言したが、もとより力で抵抗できるものではない。たちまち革紐で縛りあげられてしまった。

「さしあたって縛りあげてみましたが、あの少女をどういたしましょうか」

ファランギースが問いかける。笑いをこらえる表情であった。ルシタニア人の少女のおこないは、むちゃくちゃであるように見えて、パルス人の心に通風孔をあける効果があったのだ。パルス人たちは血に飽《あ》いていた。塔での集団自殺を見せつけられて、戦いの狂熱は醒《さ》め、殺戮の後味の悪さが残っていた。その異様な重苦しさを、少女の行為が吹きとばしてしまったようだった。むろん少女は、一途にふるまっているだけのことだが。

少女の視界に、自分と同じ年ごろの少年の姿が映った。黄金の冑を午後の陽にきらめかせ、当惑と興味をこめてルシタニアの少女を見つめている。すぐには表現できないような、たいそう綺麗《きれい》な色あいの瞳が、少女に印象的であった。少年が口を開いた。

「逃がしてやっても大事ないと思う。馬と水と食物を与えて放してやろう」

猛烈な異議の声があがった。他ならぬ少女の口から。

「このまま帰るわけにはいかぬ」

「ではどうする？」

とファランギースが問う。

「わたくしを拷問《ごうもん》にかけよ」

「拷問じゃと？」

「そうじゃ、鞭《むち》でなぐれ。焼けた鉄串を突き刺してもよい。水責めでもよいぞ」

「なぜ好んで痛い目にあいたいのじゃ？」

ファランギースは、おかしげである。からかうように、だがやさしく尋ねた。

「もしわたくしが無傷で帰ったりしたら、呪うべき異教徒に情をかけられたか、さだめし異教徒に通謀したのであろうよ、と、そう疑われるに決まっている。神のおんために生命をすて、身を傷つけるのは、イアルダボートの信徒として本、ええと、本懐じゃ」

パルス語の能力のかぎりをつくして主張すると、少女は、挑むような目つきをした。

「さあ、殺せえ！　でなければ拷問にかけろ。無傷で帰ってなどやらぬからな！」

叫ぶと、腕は縛られたまま、両足を投げ出して石畳の上にあおむけになってしまった。

「どうした、手を出せぬのか、異教徒どもめ」

比類ない勇猛を誇るはずのパルス騎士たちも、顔を見あわせるだけで手を下そうとはしなかった。アルスラーンは思案にあまったようすで、ダリューンやファランギースと低声《こごえ》で何か相談している。

騎士たちもささやきかわしていた。

「おい、ルシタニアの女は、こうも猛々《たけだけ》しくてあつかいにくいものか」

「さあな、おれはルシタニアの女に知人はおらぬが、たぶんこの娘は尋常ではないと思うぞ」

「いや、ルシタニアではどの女もこんなふうかもしれぬ。ルシタニアの蛮族ども、故国の女どもにいやけがさして、パルスの佳《よ》き女ほしさに遠征してきたのかもしれんて」

苦笑が湧いた。火でもなく、血でもなく、この苦笑が聖マヌエル城攻略戦の終幕をつげた。

Ⅵ

少女は地下牢《ディーマース》のなかにいる。縛られてはいないが、シャフリスターン以来の疲労が出て、冷たく粗い石の床にすわりこんでいた。パルス語とルシタニア語でありったけの悪口を並べ立てたものの、さすがに語彙《ごい》も費《つか》いはたしてしまった。

壁面の灯火がごくわずかに炎を揺らしているのは、この地下にも外気が流れこんでいることをしめしていた。その炎が大きく揺れた。鍵をあける音がして、厚い杉材の扉がひらいたのだ。少女は腰を浮かせて身がまえた。疲れて空腹だったが、元気を失ってはいなかった。

はいってきたのは黄金の冑をかぶった少年だった。もっとも、現在では甲冑をぬいで平服に着かえている。涼しげな白いパルスの夏服で、襟や裾《すそ》に青い縁どりがついている。

手に陶器の深皿を持っており、そこからたいそう食欲を刺激する匂いが吹きつけてきた。

「お腹《なか》がすいてるだろう。シチューを持ってきたからお食べよ」

「異教徒の食物など食べられるものか」

「それはおかしいね」

アルスラーンは、やや手きびしい笑いかたをした。

「君たちルシタニア人は、パルスの大地に実った麦や果物を掠奪して食べているじゃないか。力ずくで奪ったのでなければ食べられないのか」

「いずれにしても異教徒の指図は受けぬ」

食欲を宗教的観念でおさえこんだとき、若い健康な肉体が叛乱《はんらん》をおこして、少女の腹の虫が大きく鳴いた。少女は耳まで赤くなって、少年から視線をそらし、とっさには開きなおることもできず、不機嫌にだまりこんだ。笑いをのみこんで、少年は少女を見やり、やがて説得するように話しかけた。

「こう考えたらどうかしら。これは君にとって敵の食物だ。だからこれを君が食べたら、敵の食物が減ることになる。君は敵に損害を与えることになる。これはりっぱな武勲じゃないかな」

少女はまばたきした。たっぷり百かぞえる間、だまりこんだままだったが、ようやく自分を納得させることができたようだ。

「そうか。わたくしがこれを食べたら、お前たちは糧食が減って迷惑するのだな」

「とても迷惑する」

「よし、お前たち異教徒に迷惑をかけてやるのは、わたくしの喜びとするところだ」

宣戦布告する一国の宰相のような態度で、少女は言い、深皿をとりあげた。なるべく上品に食べようとしているのだが、さじの運びはどうしてもはやくなる。芳香を放つ羊肉のシチューは、たちまち少女の腹におさまった。ひと息つくと、返礼のつもりだろう、せきばらいして少女ははじめて名乗った。

「わたくしはルシタニアの騎士見習エトワール。本名はエステルというが、この名は棄てた」

「なぜ？　よければ聞かせてほしい」

「エステルとは女の名だ。わたくしは騎士の家にひとり子として生まれたゆえ、騎士となってあとをつがねばならぬ。わたくしが騎士になれぬと、祖父母や従者や領民や、多くの人がこまるのじゃ」

「それで遠征軍に参加したのかい」

アルスラーンの問いに、重々しく少女はうなずいてみせた。

「騎士見習の資格で故国《くに》を発った。武勲をたて、正式に騎士に叙任《じょにん》されて帰国すれば、わが家はばんばんざいなのだ」

「でも君はまだそんなに小さいのに。私の妹ぐらいの年齢じゃないか」

「お前、幾歳なの？」

「今年で十五になる」

「何月に？」

「九月に」

「では、わたくしのほうが二か月だけ年長だ。妹あつかいされる筋合はない！」

騎士見習エトワールこと少女エステルは、憤然としたように主張した。視線をアルスラーンから空の深皿にうつし、またアルスラーンにむけて、何やら言いたげな表情になる。

「なに？」

「もうすこしお前たちの糧食を減らしてやりたい」

「ああ、おかわりだね。ごめんよ、それだけなんだ。でも他のものがあるから」

油紙の包みをとりだして、アルスラーンはエステルの前にひろげた。薄パン、チーズ、乾《ほし》りんごなどが少女の前にあらわれた。チーズをつまみあげて、少女はふと尋ねた。

「騎士たちがお前に対して鄭重なふるまいをしていたが、お前は身分の高い者なのか？」

一瞬ためらってから、アルスラーンがうなずくと、少女の瞳が興味の光をたたえた。

「パルスの王太子アルスラーンという者を見たことがあるか」

「ある」

「王宮でか？」

「王宮にかぎらない。鏡のあるところなら、どこででも」

二度まばたきして、少女は、アルスラーンの言葉の意味を理解した。大きく見開いた両眼が、普通の寸法にもどると、少女は、両手の人差指を頭の左右に立ててみせた。

「異教徒の総大将というものは、二本のねじまがった角がはえていて、口が耳まで裂けて、黒いとがった尻尾《しっぽ》があるものだぞ」

「ああ、そう？　おとなになったら角も尻尾もはえてくるかもしれない」

アルスラーンが笑うと、エステルは、両手をおろし、自分自身の心情《きもち》を測りかねたように同い年の少年をながめやった。

パルスの宮廷は、ルシタニアの宮廷とよほど気風や慣習がちがうのだろうか。エステルは騎士ではあるが、ルシタニアの国王陛下とは会話をしたこともない。ずっと遠くからお姿を拝見して、多くの人々とともに「国王陛下ばんざい」と叫んだことはあるが。パルスでは、王太子が自ら地下牢《ディーマース》におもむいて、捕虜に食事を運んできたりするのだろうか。

だが、口にしたのはべつのことだった。

「咽喉《のど》もかわいているのだが……」

「そう思った」

革製の水筒を差し出され、受けとって、少女は口をつけた。うるおいが、身体《からだ》だけでなく、心の一部にもひろがったような気がする。

「変わっているな、お前は」

「ときどきそう言われる。自分ではよくわからないけど」

「王さまとか王子さまとかいうものは、もっといばって玉座におさまりかえっているものだ。王が王らしくせぬものだから、パルスは都を奪われるような目にあうのだ」

少女の皮肉は、それほど悪意にもとづくものではなかった。だが、アルスラーンは聞き流せぬものを感じ、おのずと表情があらたまった。

「ひとつはっきりさせておこう。パルスがルシタニアに攻めこんだのか、ルシタニアがパルスに攻めこんだのか、どっちだ？」

アルスラーンの声は静かだったが、それはこの少年が怒りをおさえているからだった。

そのことをエステルは察したが、彼女は彼女として反論せずにいられない。

「たしかに攻めこんだのは、わがルシタニアのほうだ。だがそれは、お前たちの国がまことの神を崇《あが》めぬからだ。お前たちが偶像や邪神をうやまうのをやめ、まことの神に帰依するなら、血など流れなくてもすむ」

「嘘《うそ》だ」

アルスラーンの返答は、きっぱりしていた。決めつけられて、少女はむっとした。

「嘘ではない。わたくしたちは、つねに神のご意思にしたがうイアルダボート神の信徒だ。だからこそ異教徒と戦っているのではないか」

「もし君のいうとおりなら、君たちルシタニア軍はどうしてマルヤム王国に攻めこんだりした？　あの国の人々は、イアルダボート神を信じていたのだろう。君たち同様に」

「それは……それは、マルヤム人の信仰のしかたがまちがっているからだ」

「まちがっていると誰が言った？」

「神がおおせになった」

アルスラーンは、じっと相手を見つめた。

「神がそう言ったのを君は聴いたのか。神の声を耳にしたのか。だとしたら、それがたしかに神の声だと、どうしてわかるんだ」

「それは聖職者たちが……」

少女の声はとぎれ、少年の声が強まった。

「神を侮辱しているのは君たち自身だ。いや君とはいわないけど、ルシタニアの権力者たちだ。彼らは自分たちの欲望と野心のために神の名を利用しているだけだ」

「だまれ！　だまれ！」

少女は立ちあがった。くやし涙が両眼に浮かんでいる。自分たちの正しさを否定されたのがくやしかったし、それに反論できないのがくやしかったのだ。

「出ていけ、お前と話すことは何もない。食事をすすめたのはお前だし、恩になど着ないぞ」

「ごめんよ、えらそうに君を責める気はなかった」

少女の激情で、かえってアルスラーンは冷静さをとりもどした。すなおすぎるほどアルスラーンは謝罪し、立ちあがって出ていきかけたが、ふと足をとめた。

「エトワール、君はイアルダボート教の祈りの言葉を知っているか」

「あたりまえだ」

「だったら、明日、死者に祈りをささげてくれないか。敵味方の遺体を埋葬するのだけど、ルシタニア人の死者には、ルシタニア語の祈りが必要だろう」

エステルはおどろき、くやしさを瞬間わすれてしまった。敵の遺体を埋葬するだって？異教徒の死体は放置して野獣の餌にするのが、ルシタニア軍のやりかたなのに。このパルスの王太子は、どこまで変わっているのか。それとも、それとも、変わっているのは自分たちルシタニア人のほうなのだろうか。

地下牢の扉が開いて閉まった。アルスラーンの姿が消え、足音が遠ざかった。敗北感に近い当惑にとらわれながら、エトワールことエステルは、ふたたび石の床にすわりこんだ。扉に鍵がかけられなかったことを彼女は知っていた。王子がかけ忘れたのでないことも、なぜか彼女は知っていた。さしあたり、明日、埋葬がすむまではおとなしくしていよう、とエステルは思い、壁に背をあずけた。

第五章　王たちと王族たち

I

東から西へ、太陽の光がうつろうように、ルシタニアの敗報はエクバターナへもたらされた。

「聖《サン》マヌエル城は陥落し、城守バルカシオン伯以下、城内の者はほとんど戦死、あるいは自裁す。わずかな傷病者がパルス軍の手に救出されたのみ。パルス軍は、近日中に、聖《サン》マヌエル城を出立すると思われる……」

「またしても、たった一日で陥《お》とされたというのか。役立たずめ！」

失望のあまり、そうののしってから、ギスカールは「魂よ、安かれ」と、祈りの言葉をつぶやいた。神を畏《おそ》れたのではなく、死者をいたんでのことである。バルカシオン老人は、武将としての能力はともかく、人間としては尊敬に値する男だった。

「あの老人には、書物を管理させておけばよかった。城塞の守備などさせたのが、まちがいだったのだ。ボダンめがルシタニアでもマルヤムでもパルスでも、書物の管理権を独占したからよくない」

　だが、ここにいない者の責任を云々《うんぬん》してもはじまらなかった。ギスカールは、不安に浮足だつ廷臣たちを集めたが、席上、まずおどしをかけた。

「大陸公路に汗血《かんけつ》を舗石のごとく敷きつめて、パルス人どもが押しよせてくる。復讐に猛りくるい、父祖の地をことごとく奪回せんと、目に炎を燃やしてな」

　ボードワン、モンフェラートの両将軍は、すでに覚悟の上らしく、動じる色を見せなかったが、他の廷臣たちはざわめいた。

「諸卿にあらためて言っておくが、これは存亡の時と承知してもらおう。アトロパテネの勝利以来、築きあげてきたものが、一朝《いっちょう》にして潰《つい》えさるやもしれぬ。我をおさえ、卑怯や怠惰《たいだ》を排して、このギスカールに力を貸してもらう。よろしいな、諸卿？」

　さりげなく、ギスカールは兄王の存在を無視してのけた。廷臣たちは、いっせいにうなずいたが、ひとりがやや不満げに声をあげた。

「われらには神のご加護がござる。異教徒どもに敗れるなど、あろうはずがござらぬ」

「ほう、すると聖《サン》マヌエル城には神のご加護がなかったとでも申すか」

　返答につまった廷臣を見すえて、王弟殿下は声を強めた。

「かるがるしく神の御名を口にするな。まず人間が力をつくしてこそ、神も人間を愛しまれよう。自らを助ける意思こそが、神の御心にかなう道を開くのだ」

ギスカールの本心は、むろんこのように信心深いものではない。ルシタニアの貴族も、武将も、官吏《かんり》も、平民も、神などではなくギスカールを伏しおがむべきなのである。イアルダボート神が全能であるなら、とうにイノケンティス王を名君にしているはずではないか。

モンフェラートとボードワンの両将軍は、落ちついて、王弟殿下の命令にしたがうことを誓約した。他の貴族や廷臣たちも、口々にそれに倣《なら》った。ギスカールは、重々しさと鷹《おう》揚《よう》さをたくみに使いわけて彼らを服従させ、自分に対する信頼を強めさせて、ほぼ満足のうちに、廷臣一同を散会させたのだった。

「銀仮面卿がもどってまいりました」

その報告がギスカールのもとにもたらされたのは、昼食を半分以上のこして食卓を立ちかけたときであった。

「軍をひきいてか」

「したがう者は百騎ほど。余《よ》の者は、ザーブル城に残留しておる由《よし》にございます」

ギスカールの左瞼が一瞬だけひきつった。曲者《くせもの》めが、と思う。ザーブル城をいよいよ自分の根拠地とするつもりか。そして、ギスカールがいま自分を殺したり罰したりできるはずがないと、たかをくくっているのか。つらにくく思うものの、会わないわけにはいかなかった。東に大敵がいる。西にまで敵をつくることはできない。アルスラーンを迎え撃つため、王都を空にしたら西から攻めこまれた、などということになれば、ギスカールは歴史に救いがたい無能者として記されることになるだろう。

ギスカールの前に姿をあらわした銀仮面は、形はうやうやしく一礼したが、発した声と台詞《せりふ》は、それほどうやうやしくなかった。

「伝え聞くに、ルシタニア軍は東方の要衝をつぎつぎと失い、アンドラゴラスの小せがれは王都までの道半ばに達しましたとか」

「噂にすぎぬ。古来、噂とは、愚昧《ぐまい》の苗床《なえどこ》に咲く毒草でしかないはずだが、おぬしにはそれが名花にでも見えるのかな」

ギスカールの皮肉は、銀仮面のなめらかな表情にあたってすべり落ちてしまった。いまさらながら、相手の表情をおおい隠してしまう仮面が、ギスカールにはいまいましい。最初にこの銀仮面と会ってパルス征服の話を持ち出されたとき以来、ひきずっている感情だ。仮面をかぶった当人が、顔に傷があるから、というのを信用するしかないわけだが。

一方、ヒルメスのほうでも、べつにギスカールに皮肉やいやみを言うために、わざわざエクバターナまでやってきたわけではない。アルスラーン一党の進軍と勝利の報は、ヒルメスを、西辺のザーブル城にのんびりと滞在させておかなかったのだ。「アンドラゴラスの小せがれ」にくらべて、自分が一歩も二歩も遅れた位置にあることを、ヒルメスは認めざるをえなかった。

ザーブル城を放棄するわけには、むろんいかぬ。また、一万以上の兵力をひきいてもどったとき、疑心暗鬼に駆られたルシタニア軍が入城を拒むかもしれぬ。考えた末、サームに留守をゆだねて王都へ駆けつけたヒルメスであった。ギスカールが皮肉を言い終えたとき、銀仮面が突如として重大な一言を発した。

「わが本名はヒルメスと申す。父の名はオスロエス」

「なに、オスロエス!?」

「さよう、オスロエス、この名を持つパルスの国王《シャーオ》としては五代めにあたり申す。父の弟は名をアンドラゴラスと申し、兄を弑《しい》して王位を簒奪《さんだつ》した悪虐の男でござる」

ギスカールは沈黙していた。沈黙の重さが、おどろきの巨大さをしめしていた。かつて彼は「銀仮面の男はパルスの王族かもしれん」という冗談を部下に語ったことがある。だが、それが事実ということになれば話はべつであった。

「どういう事情があるのだ。くわしく話を聞かせてもらおうか」

「むろん、そのつもりでござる」

ヒルメスの口から、ギスカールはパルス王室の凄惨《せいさん》な抗争史を聞いた。ひとりの女をめぐる兄弟の暗闘。兄殺し。簒奪。未遂に終わった甥殺《おいごろ》し。ルシタニアの歴史にもおとらぬ暗い血の色に塗りつぶされた王朝の秘史であった。ギスカールはおどろいたが、ヒルメスの話はあくまでヒルメスの目をとおしたものであることをわきまえていた。銀仮面が語りおえると、やや間をおいてギスカールは尋ねた。

「だが、なぜいま素姓を明かす気になったのだ。おぬし、何を考えておる」

「王弟殿下には何かとご恩があり、これからもおたがいの結びつきによって利をえたいものと存ずる。いわば秘中の秘を明かしたのも、殿下をご信頼申しあげるからこそでござる」

しおらしげな銀仮面の台詞を頭から信じるほど、ルシタニアの王弟は甘くなかった。

嫉妬か、と、ギスカールは銀仮面の心情を忖度《そんたく》した。「アンドラゴラスの小せがれ」という呼びかたが、すでにして、ヒルメスの心理を雄弁に物語っている。アルスラーンごときを対等の競争相手として認めてたまるか、というのであろう。ところが、現実の情勢は、ヒルメスの誇りを無視して、先に進んでいるのだ。

このまま事態が進めば、アルスラーンがパルス軍民を再統一する指導者となり、救国の英雄となってしまう。そうなってからヒルメスが登場して、王位の正統性がどうのこうのと言いたてても、誰も相手にするはずがない。アルスラーンは簒奪者の息子だ、といっても、彼が実力をもって国土と国民《くにたみ》を解放すれば、ヒルメスの主張など、笑いものにされるか、無視されるだけである。そうヒルメスは考え、いま自分の存在を明らかにしようと思ったのであろう。

ということは、銀仮面め、ルシタニア人の武勇と才略ではアルスラーンの勢いに抗しきれぬ、と見たわけか。

ギスカールは、わずかに頬をゆがめた。ヒルメスと称する男の思惑は、さまざまな意味で不快だった。そもそも王位の正統性などを言いたてられては、兄王にとってかわろうとするギスカールの野心は、絶対悪だということになってしまうではないか。

いささか奇怪な心理がギスカールをとらえた。彼はふと、すでに半年以上にわたって地下牢《ディーマース》にとらわれているアンドラゴラス王のことを思い出したのである。もしアンドラゴラスがほんとうに兄王を殺して王位についたのだとすれば、それはギスカールの野心を先んじて実行したようなものではないか。一度アンドラゴラスの言分を聞いてみたいものだ。

そう思いつつ、ギスカールは口を開いた。

「アルスラーンは、四万なり五万なりの軍を集め、すでにわが軍の二城を抜いておる。おぬし、その兵威《へいい》に対抗できるか」

「兵威などと申すものではござらぬ。小せがれめは兵数を頼んでおるだけでござる」

「ふむ、おれは思うのだがな、銀仮面、いやヒルメス卿よ。兵が多く集まるにはそれなりの理由があるし、集めた兵を統御するにはそれなりの器量が必要ではないか」

「アンドラゴラスの小せがれめには、何の力もございませぬ。側近どもにかつがれ、あやつられているだけのこと。器量だの才幹だのという以前のことでござる」

「なるほど、よくわかった」

そうギスカールがうなずいたのは、真意ではなかった。この件に関して、冗談や皮肉が通じないことを、銀仮面ごしの眼光によって理解したのである。ギスカールも王族の心得として、剣技を学んではいるが、激発した銀仮面に斬りかかられて、一対一で勝つ自信はない。部屋の外に、完全に武装した騎士を一隊、待機させてはいるが、好んで危険を冒す必要もないことだ。

ヒルメスとアルスラーンを相争わせ、ことをパルスの王位継承争いとしてかたづける策《て》もたしかにあるが、事態がここまで来ては、へたに策を弄《ろう》するより、当初の予定どおり大軍をもって正面からアルスラーン王太子の軍を粉砕《ふんさい》すべきであろう。ギスカールはそう考え、何ら言質《げんち》を与えぬまま、ひとまずヒルメスをさがらせた。

II

「力を借りに来た」

ひさびさに迎えた客人の、それが第一声であった。

王都エクバターナの地下深くである。暗く、冷たく、湿気にみちた石づくりの部屋であった。奇書の山が埃《ほこり》のなかにそびえ、魔道に用いられる鉱物、動物、植物の類《たぐい》が、それぞれの瘴気《しょうき》をただよわせている。それらの瘴気がまざりあって、無色の毒煙で室内を埋めつくしているようでもあった。そのなかに、暗灰色《あんかいしょく》の衣を着た男がいる。若い。蒼然たる古画に、あたらしく描き加えられた肖像のように見える。

「若さと力を回復したのか。さぞ嬉しかろうな。だとしたら、おれが国と王位を回復したいと願う心もわかるのではないか」

やや性急なヒルメスの言いようを、魔道士は沈着に受けとめた。

「わしが若さと力を回復するのは、それを費うためだ。人間の身体は、すなわち生命力の容器であって、若さとは容器が満たされた状態のことなのだ。ひとたび水位がさがれば、ふたたび満たすのは容易ではない」

外見はヒルメスと同年輩、あるいはそれ以下に見える。若さを回復した魔道士の顔だちは美しくさえ見えた。造花の美しさが、ほんものの花にまさるとすれば、であるが。一見、若い美丈夫《びじょうふ》が、古怪《こかい》な老人のようなものいいをするのは、異様で奇怪な光景だった。

「アトロパテネの戦いを再現するよう、わしに望んでおるのか」

「魔道を用いずとも、そのていどのことはわかるか」

「わかるからといって承知するとはかぎらぬぞ。アトロパテネの戦いを、異なる地に再現して、わしに何の益があるというのじゃ」

あざけるように、また、うそぶくように魔道士が問うと、ヒルメスは銀仮面を光らせて答えた。

「おれが正統な王位を回復したあかつきには、十回生まれ変わっても費い果たせぬほどの財貨をくれてやる」

「誰の財貨だ？　ルシタニア軍のものか」

「もとはすべてパルスのものだ」

「おぬしのものか」

「正統な国王《シャーオ》のものだ」

低く笑って、魔道士は、不毛な問答を打ちきった。ややあって、ひとりごとめいて語りはじめる。

「正直は地上の美徳であって地下の美徳ではないが、まあ、ときとして、それを用いるもよかろう。で、正直なところをいうと、わしはアルスラーンめの一党に、怨恨がないでもないのだ。わしの弟子がふたり、奴の一党に殺されたでな」

魔道士の視線が、暗い部屋の一隅にむけて動いた。かつて七つあった弟子たちの影が、いま欠けて五つとなっている。

「未熟者ではあったが、それなりに忠実で役に立つ者どもであったゆえ、わしとしても、いささかは心が傷むわ」

五人の弟子は面目なげにうつむいていた。銀仮面の裡《うち》に、ヒルメスは冷笑を封じこめた。

「アンドラゴラスの小せがれは、身にすぎた家臣どもをかかえておる。多少の魔道の技では対抗できまい。おぬしら、自分自身のためにも小せがれを倒すべきではないのか」

わざとらしく、魔道士はかぶりを振ってみせた。

「いやいや、早まるでないぞ。アルスラーンとて翼があるわけでもなし、すぐに王都までやってはこられぬ。それに、アルスラーンがあるていど強勢であることは、おぬしにとって不利益ではあるまいて」

「どういう意味だ？」

「これはしたり、そこまで言わねばわからぬか。おぬしは明敏《めいびん》な男だと、わしは思いこんでおったがな」

「…………」

銀仮面の下で、ヒルメスは眉をしかめて考えこんだ。それも長い時間のことではなかった。魔道士の意味ありげなものいいを、ヒルメスは理解した。つまり、アルスラーンがルシタニア軍と戦い、その力を削《そ》いでくれるということである。

王都エクバターナ占領後、ルシタニア軍はぱっとしない。アルスラーンがペシャワール城に挙兵して以後、たてつづけに二城を失い、士気も威信も低下している。だが、まだ三十万に近い大軍は健在である。この兵力が温存されれば、究極的にはルシタニア全軍の追放をねらっているヒルメスにとって、いささかしまつが悪いことになろう。

アルスラーンとルシタニア軍が血みどろの戦いを長期化させてくれれば、その間にヒルメスが王都エクバターナを奪いとることもできよう。それはルシタニア王弟ギスカールが、ひそかに恐れるところでもあった。ただ、そうなると、共同の敵ヒルメスを打倒するために、アルスラーンとギスカールが手を組む、というとんでもない事態もおこりえる。正体を明かしたことが誤りだとは思わないが、政治とは乱流であって行方がさだめにくい。

「虫のよいことを考えておるらしいの」

見すかすような魔道士の声が、銀仮面をとおしてヒルメスの顔に触れ、悪寒《おかん》めいたものを生じさせた。ぎらり、と、両眼と仮面の双方を光らせただけで、「正統の王位後継者」は沈黙している。

魔道士がふくみ笑いするとおり、虫のよい考えであるにはちがいない。手持ちの兵力をそこなうことなく、近い将来に最後の勝利者となろうとするのは。

魔道士がささやいた。

「宝剣《ほうけん》ルクナバード」

数百万の言葉がつくる森のなかから、もっともかがやかしい一語がもぎとられて、ヒルメスの前に放り出された。ぎょっとしたように、ヒルメスの長身が小さく揺れて、暗い湿った空気を波だてた。言葉の意味が、人の耳に聴こえぬ音をとどろかせて、ヒルメスの全身にしみとおっていく。

「どうじゃ、その一語で、わしの言わんとするところがわかったであろう」

魔道士が念を押すまでもなかった。

宝剣ルクナバード。パルス王国の開祖たる英雄王カイ・ホスローが愛用した剣である。聖剣ともいい、神剣とも呼ぶ。カイ・ホスローはその剣によって蛇王ザッハークの暴政を打ちたおし、パルス全土を平定した。宝剣ルクナバードは、パルスの国土と王権と正義を守護する、神々の賜物《たまもの》といわれた。「カイ・ホスロー武勲詩抄《ぶくんししょう》」には、「鉄をも両断せる宝剣ルクナバードは太陽のかけらを鍛《きた》えたるなり」と記されている。それはつまり、剣の形をした不朽の建国伝説なのであった。

その宝剣ルクナバードを手に入れよ、と、魔道士はヒルメスをそそのかしたのである。ヒルメスの両眼が、というより、そのなかにこめられた意思が、銀仮面ごしに強烈な光を放った。無言の数瞬の後、ヒルメスは長身をひるがえしていた。

「邪魔をした。近いうちにまた会おう」

ヒルメスのあいさつに個性が欠けていたのは、他のことに気をとられていたからである。甲冑のひびきが闇のなかを遠ざかると、魔道士は、つくりものめいた端整《たんせい》な顔に、つくりものめいた微笑をよどませた。弟子のひとりが、意を決したように身じろぎした。

「尊師……」

「何じゃ、いうてみよ、グルガーン」

「あの男、本気でカイ・ホスローの墓にもぐりこみ、宝剣ルクナバードを手に入れるつもりでございましょうか」

魔道士は、わずかに両眼を細めた。

「手に入れるであろうよ。そなたらにいうまでもないが、パルスの王権を象徴するものとして、宝剣ルクナバード以上のものはないからの」

自分がパルスの正統の王位継承者であり、英雄王カイ・ホスローの子孫であることを、ヒルメスがどれほど強烈に誇りとしてきたか。それこそが、苦痛と憎悪に塗りつぶされがちな彼の人生に、光をそえてきたのである。もし宝剣ルクナバードを手に入れることができれば、ヒルメスの名誉欲は、さぞ満足するにちがいない。

今度は、べつの弟子が疑問を提出した。ガズダハムという男であった。

「尊師、やはり宝剣ルクナバードをとり除かぬかぎり、蛇王ザッハークさまの再臨はかないませぬか」

「封印が強すぎた、意外にな」

率直に、魔道士は自分の目算ちがいを認めた。蛇王ザッハークが魔の山デマヴァントの地底に封じこまれてより二十年後、宝剣ルクナバードが掘り出されてカイ・ホスローの柩《ひつぎ》に収められた。それより三百年の間に、二十枚の岩板がつぎつぎと崩され、蛇王は地表のすぐそばまで来ているはずだ。だがカイ・ホスローの柩のなかに宝剣ルクナバードがあるかぎり、その霊力は英雄王の霊と結びついて蛇王を縛る。柩のなかより宝剣をとり出させ、その霊力を引き離さなくてはならないようであった。

「どうだ、おもしろいではないか。カイ・ホスローめが蛇王ザッハークさまの御世にさからい、身のほど知らずにもパルスを支配してより三百余年。先祖が封印したものを子孫がとり除き、ザッハークさまの再臨に力を貸そうというのだからな。笑止のかぎりよ」

魔道士の弟子たちは、師ほど楽観的になれなかったようである。ちらりと視線をかわすと、グルガーンが一同を代表した。

「おそれながら、尊師、ひとたび宝剣ルクナバードを手に入れた上は、ヒルメスめは、われらの掣肘《せいちゅう》を受けなくなるのではございませぬか」

師の怒りをおそれてか、遠慮がちな一言であったが、暗灰色の衣の魔道士は、意外にも怒りを見せなかった。

「そうじゃな。われらの力では、ルクナバードの霊力に対抗できぬかもしれぬ」

「ではみすみす、敵となる者に力をつけてやることになりませぬか」

「愚《おろ》かよな、そなたらも。われらの力など語るにたりぬ。ヒルメスめが相手とするのは、蛇王ザッハークさまじゃぞ。ひとたび再臨あそばした蛇王ザッハークさまに、ヒルメスごときの力が通じようか」

おお、という歓喜と納得のうめきがおこった。暗灰色の衣の魔道士は、声におだやかな狂熱をこめた。

「ひとたび蛇王ザッハークさまが再臨なされば、宝剣ルクナバードもこわされた鍵にすぎぬ。二度と蛇王さまを封印することはできぬのだ。さあ、カイ・ホスローめの子孫をして、祖先の罪を、蛇王さまにさからいし大罪を、償わせてやろうではないか」

五人の弟子は音もなく立ちあがり、うやうやしく、だが蝙蝠《こうもり》を思わせる奇怪な身ぶりで、彼らの師に敬意の礼をほどこしたのであった。

Ⅲ

銀仮面卿ことヒルメスの告白を、ギスカールは聞き流す形になった。政略や軍略では、選択肢が多すぎると、かえって身動きがとれなくなる場合があるし、当初の予定を急に変えるわけにもいかない。いまは信頼するモンフェラートとボードワンを勝利させることが先決であった。

すさまじいほどの策謀がギスカールの脳裏にひらめいたのはその夜半である。彼は、同《どう》衾《きん》していたマルヤム女が茶色の目をみはったほど急に笑い出した。

「ふふふ、なぜ早くこのことに気づかなかったのであろう。いささかはおれも、心に恥じるところがあったのかな」

ギスカールの笑いは暗い。策謀の内容を考えれば、それも当然であった。それは銀仮面ことヒルメスをして、ギスカールの兄イノケンティス王を殺害させようというものであったのだ。

ヒルメスが、うかつにギスカールの思惑に乗るとも思えないが、彼がかかえこんでいる正統意識をたくみに刺激し、イノケンティス王を殺害させることは不可能ではない。そうギスカールは結論づけた。

そして、むろんのこと、イノケンティス王を殺害したヒルメスを、そのままにはしておかぬ。ルシタニア国王を殺した者は、ルシタニアの王位継承者によって処罰されるべきだ。王位継承者とは誰か？　むろん王弟ギスカール殿下である。かくしてギスカールは、前後の敵を一度にかたづけることができるというわけだ。

「銀仮面卿はどうしておる？」

寝室から出て、ギスカールは侍臣《じしん》に問いかけた。幾人かの侍臣や士官の間を報告が受け渡された。ようやくギスカールにもたらされた報告によれば、銀仮面は王都に与えられた邸宅に一泊もすることなく、夜にはいって城外へ出ていったという。王弟殿下のご命令である、というので、城門を守る兵士もとめなかったという。むろんギスカールは銀仮面に命令など与えてはいない。

では、この機会だ。地下牢《ディーマース》のアンドラゴラス王に会ってみるか。その考えがギスカールをとらえた。せっかく生かしつづけた貴重な捕虜だ。銀仮面の復讐欲を満足させるためにだけ生かしておくのも、もったいない。使いようによっては、アルスラーン派とヒルメス派に分裂したパルス王党派を、さらに分裂させ混迷させるための道具として役だつかもしれぬ。

かつてギスカールは一度アンドラゴラス王との対面をこころみて、銀仮面の息がかかった拷問吏《ごうもんり》の長《おさ》に、はばまれたことがあった。だが、今回、ギスカールは、直属の騎士をしたがえていって拷問吏たちを威圧し、対面を強要するつもりであった。

だが、それは朝になってからのことでよい。ギスカールは、オラベリアという騎士を呼び出して、銀仮面を追うよう命じた。

「とらえたり、つれもどしたりする必要はない。発見してひそかに追跡し、何をもくろんでいるか確認せよ」

「かしこまりました。幾人か仲間をともなっていってよろしゅうございますか」

「それはおぬしにまかせる。心していけ」

王弟殿下の命令と、ずしりと重い金貨の袋を受けとると、騎士オラベリアは、急ぎ足で出ていった。

一夜が明け、政務と軍務に追われるギスカールの一日がはじまった。だが、夕食の前に、ぽっかりと時間の空洞ができ、ギスカールは直属の騎士六人をしたがえて、地下牢《ディーマース》を訪問することができた。

脅迫と金貨の双方がたくみに用いられ、拷問吏の長は、ためらいつつも、ついにギスカールの要求に屈した。ギスカールは、彼らに案内され、屈強な騎士に守られて、長い長い階段をおりていった。そして、ようやく、石の壁の前にすわりこんだ囚人に対面したのである。

「アンドラゴラス王だな。はじめてお目にかかる。私はルシタニアの王弟ギスカール公爵と申す者」

ギスカールの名乗りに、囚人は反応をしめさなかった。異臭がただよってくる。血と汗、さまざまな汚れがいりまじった、表現しがたい匂いだ。髪もひげも伸びほうだいで、服は裂け、汚れきっている。天井へ伸びた右腕は太い鎖で壁面につながれていた。左腕はだらりとさがり、鞭と火傷の痕《あと》でもとの皮膚すら見えない。長身のギスカールを上まわる巨体は、疲れはてた野獣のように見えた。

「食事は与えているのだろうな」

言ってから、ギスカールは、自分が発した質問のばかばかしさに気づいた。半年以上もの間、食事なしで人間が生きていけるはずがない。拷問吏は、失笑したりはしなかった。感情が磨滅《まめつ》しきったかのように、抑揚《よくよう》のない声で王弟に答える。

「拷問に耐えるだけの力は残しておかねばなりませんので、一日に二度、きちんと食事はさせております」

「ふん、王者として酒池肉林《しゅちにくりん》をもっぱらにしていた身が気の毒なことだ」

自分の声がややうわずっているように感じられて、ギスカールは不機嫌になった。奇妙な圧迫感を、彼はおぼえていた。地下の、暗く不吉な場所である、ということもあろう。だが、それ以上に、アンドラゴラス王本人が、強烈な圧迫感をギスカールに与えるのだった。

ふいに、それまで黙りこんでいた囚人が、声を発した。

「ルシタニアの王族とやらが、わしに何の用がある?」

その声の威圧感も、ただごとではなかった。ギスカールは思わず半歩しりぞこうとして、ようやく自分を抑制した。

「いま、おぬしの甥に会ってきたところでな、アンドラゴラス王よ」

「甥……？」

「さよう、おぬしの亡き兄オスロエスの遺児でな、名をヒルメスという」

「ヒルメスは死んだ」

「ほほう、おもしろいことを聞く。ヒルメスは死んだと？　では、たったいま、おれが会ってきたのは何者だ」

笑おうとして、ギスカールの笑いは、口から飛び出す前に死んでしまった。ルシタニアの王弟は、細めた両眼に、緊張と疑惑の色を走らせた。伸びほうだいの黒々としたひげのなかで、アンドラゴラス王の唇が奇妙にゆがんでいる。王のほうこそ笑っているのだった。

何がおかしい、と言おうとしたとき、アンドラゴラス王が先に口を開いた。

「ルシタニアの王弟よ、おぬしはほんもののヒルメスを知っておるのか。奇態な銀仮面をかぶった男が、われはヒルメスなりと名乗ったところで、その真偽をたしかめる術《すべ》を、おぬしは心えておるのか？」

「………」

「名乗ったから信じたというわけか。とすればルシタニア人は正直者よ。どうやってわれわれに勝てたのか不思議なことだ」

挑発というには重々しい口調だった。ギスカールの額《ひたい》に汗が光った。ギスカールは愚《ぐ》鈍《どん》ではない。臆病でもない。だが、舌も腕も足も奇妙に重く、所有者の思うとおりに動かなかった。脳裏に赤い光がひらめいた。目の前にいるこの男、パルスの国王《シャーオ》アンドラゴラス三世を殺しておくべきであった、と思った。いまここで殺すべきだ、と思った。

異変は突然におこった。

何かをたたきつけるような激しい音がして、一同は息をのんだ。彼らの眼前で鎖が宙に躍った。奇妙な音は、アンドラゴラス王をつないでいた鉄鎖がちぎれ飛ぶ音であったのだ。

「気をつけろ！」

どなったとき、ギスカールの右隣で、剣を抜きかけていたルシタニア騎士が、絶叫をあげてのけぞった。顔面で血がはじけ、眼球が飛び出すありさまを、一瞬、ギスカールは見たように思う。甲冑を鳴りひびかせて、その騎士が地に倒れたとき、すでにふたりめの騎士が鉄鎖の犠牲となって血と悲鳴を噴きあげていた。めまぐるしく、ギスカールの周囲で闇と光と音響がとびかった。右で、左で、騎士たちは倒れていった。ギスカール自身が抜いた剣は、鞘を離れたとたんに鎖に巻きとられてしまった。

いまやパルスの国王《シャーオ》とルシタニアの王弟は、一対一で向かいあっていた。

「ナバタイ国の鉄鎖術だ。黒人奴隷《ザンジ》が鎖につながれた身で、残虐な主人に抵抗するために修得したものだそうな」

「うう……」

ギスカールはあえいだ。敗北感でひざがくだけそうになっていた。彼は油断したのだろうか。だろうか。情況を甘く見ていたのだろうか。だが、半年以上にわたって地下牢《ディーマース》に監禁され、連日、拷問にかけられていた男が、身を縛る鉄鎖を引きちぎって反撃に転じるなどと誰が想像できたであろう。かろうじて、ギスカール王弟は、声を押し出した。

「お、おぬしは人妖《ばけもの》か。「それだけの力を、どこに秘めておった？」

「鎖を引きちぎったことを言うておるのか？」

血と肉片がこびりついた鎖を、アンドラゴラスは、じゃらりと鳴らした。

「黄金とちがって、鉄は腐るもの。半年にわたって同じ箇処に汗と小便と、それに塩味のスープをしみこませれば、ついには腐ってちぎれやすくなる。さて……」

アンドラゴラス王は歩み出た。倒れたルシタニア騎士の手から剣をもぎとる。ギスカールは足を床に縫いつけられたように動けぬ。斬られる、と思った。ここでこんな死にかたをするのか。笑うべき愚かしい最期ではないか。自分で求めて死地に踏みこんでしまうとは。

だが、国王《シャーオ》の視線は、べつの方角へ向けられていた。

「拷問吏よ、ここへ来い。汝《なんじ》らの国王に対して犯した罪を償わせてやろう」

その声で、ギスカールは気づいた。拷問吏たちは逃げ散っていなかったのだ。安物の土人形のように、ぼうっと部屋の隅に立っていた。ギスカールと同じく、いや、それ以上に、すさまじい復活をとげたアンドラゴラス王の威圧に打ちのめされていたのだ。

あやつられたように、拷問吏たちは歩みより、背を丸めてはいつくばった。拷問吏の長が、すでにして死んだ者のようなうめきを発した。

「国王《シャーオ》よ、私どもの妻子はお助けを……」

「よかろう。汝らの妻子などに興味はない」

剣が振りあげられ、振りおろされた。鈍い音をたてて、長の頭部は、熟れすぎたハルボゼ（メロン）のように砕けた。飛び散った血の一滴が、ギスカールの頰にはねた。

剣をひいたアンドラゴラス王は、ちらりと横目でギスカールを見やった。

「他の者は立て。赦しがたいところだが、一度だけは赦してやる。もし予に忠誠を誓うのであれば、そこに立っておるルシタニア人を縛りあげよ」

血ぬれた剣の先がギスカールに向けられると、生命をひろった拷問吏たちは憑《つ》かれたような目で石の床から立ちあがった。ついさっきまで、ギスカールの権力と金力にぺこぺこしていた男たちだが、いまやアンドラゴラス王の命令をひたすら実行する、肉でできたあやつり人形であった。巨体と太い腕を持つ何人もの男にかこまれて、なす術もなくギスカールは鎖をかけられてしまった。

「安心せよ。殺しはせぬ。おぬしはだいじな人質だ。予と王妃の安全は、おぬしにかかっておる」

不気味な鷹揚さでアンドラゴラス王はそう告げ、忠実な臣下と化した拷問吏たちに右腕を差し出した。拷問吏のひとりが鍵束を死んだ長の腰からはずし、国王の右手首にはまった鉄輪をとりはずした。半年ぶりに自由になった国王の右手首は皮膚ばかりか肉まで傷ついていたが、アンドラゴラス王はべつに痛そうでもなく、かるく手を振っただけであった。

「さて、久々に地上へ出るか」

そう言ってギスカールを見やったとき、はじめて幽囚の日々に対する怒りらしいものが、国王《シャーオ》の両眼にぎらついた。

「鎖につながれた気分はどうだ？　ルシタニアの王弟に耐えられぬはずはあるまい。パルスの国王は半年以上も耐えたのだからな。ふふふ……ははは」

IV

聖《サン》マヌエル城におけるアルスラーン軍の滞在史は、ごく短かった。パルス兵の埋葬を、女神官《カーヒーナ》ファランギースの祈りによってすませ、ルシタニア軍民の埋葬を、騎士見習エトワールことエステルの祈りによってすませると、糧食と武器を集めて、早々に城を出たのだ。死体は消えても屍臭は残る。パルス人たちは、そう気弱な者たちではなかったのに、耐えられぬ気分であった。

空城を盗賊が根拠地にしたりしては後日こまるので、火が放たれた。城壁の内部が黒煙につつまれるのを見とどけてから、パルス軍は移動を開始した。

パルス軍のなかに奇妙な一行がいた。騎乗するひとりを除いては、全員が、三台の牛車に乗っており、大部分が乾草《ほしくさ》と毛布の上に横たわっている。戦火のなかでどうにか救出されたルシタニア人たちを同行させたのだ。放っておけば、盗賊や猛獣に襲われたり、衰弱したりで、みな死んでしまうと思い、アルスラーンがそうさせたのであった。

「ナルサス、こんなことをして、私のことを甘い人間だと思うか？」

「主君をあげつらうという楽しみは、えがたいものであるだけに、濫用《らんよう》すべきにあらずと存じます」

王太子に真剣に問いかけられて、若い軍師は、いたずらっぽく笑った。

「殿下ご自身は、どうお考えの上で、かくは処置なさったのですか」

「私はこう思ったのだ。千人死ぬところが九百人ですむなら、ほんのすこしだけ、放っておくよりいいのではないか、と。でも、それはやっぱり単なる自己満足にすぎないのかもしれない。もっと他にやりようがあるのかもしれない……」

王太子と馬を並べて道を進みながら、ナルサスは、思慮深げな視線を初夏の空に放った。

「殿下のご気性ゆえ、お気になさるな、とは申しあげませぬ。ですが、いまできる最善のことをなさったからには、それ以上のことは他人のやりかたにまかせるということも必要ではないかと存じます」

冷たく突き放していえば、ルシタニア人たちはパルス人の土地を強奪してそこに自分たちの楽園を築こうとした。女子供であろうと、ルシタニア人であるかぎり侵略者としての罪は同じである。だが、そのように甘い勝手な夢を描いたのはルシタニアの権力者たちであり、女子供はその犠牲者であるともいえるのだった。完全に自分の考えをまとめることはまだできないが、アルスラーンはそう思っている。そしてそのことをナルサスは承知しており、たぶん、その甘さこそが王太子の美点だろうと考えているのだった。

騎士見習エトワールと自称する少女エステルは、アルスラーンの軍中にいる。むろん、アルスラーンの味方になったわけではなかった。旅に耐えられるていどの傷病者や老人、妊娠中の女性、子供から赤ん坊まで、二十人ほどの生存者を三台の牛車に分乗させ、自分は馬に乗って彼らの前に立っていた。あいかわらず、大きすぎる甲冑を着こんでいる。

赤ん坊が泣き、若い母親が乳が出ないと、容器を持って糧食隊へ駆けていき、水牛の乳を自分の手でしぼった。あまり器用とはいえない手つきだが、一所懸命、弱い者の世話をした。パルス人にかこまれたルシタニア人の小さな集団で、まともに身体《からだ》が動くのはエステルひとりである。騎士たちがことごとく死んだいま、騎士見習が責任をはたさなくてはならない。そう決意したのだろう。日夜じつによくがんばった。

「あのルシタニアの娘も、すこし変わっているな」

「だが、なかなか健気《けなげ》ではないか。せっかく助かったのだ、無事でいてほしいものさ」

ダリューンにしてもキシュワードにしても、聖《サン》マヌエル城を攻略する戦いの最終段階で、じつに後味の悪い思いをしている。彼らの責任ではないにしても。それが、エステルの存在で救われたような気分がするのだった。

アルスラーンもそうである。

幼いころ、アルスラーンは乳母夫婦に傅育《ふいく》され、王宮の外で生活していた。庭や街角で、同じ年ごろの子供たちと遊んだ。そのなかには自由民《アーザート》の娘もいて、追いかけっこをしたり、隠れんぼをしたり、アルスラーンが学んだばかりの字を石畳に蠟石《ろうせき》で書いて、みんなで大声で読んだりした。貧しくても明るくて元気で親切な子供たちだった。

王宮にはいると、アルスラーンの周囲に、元気で一所懸命な女の子はいなくなってしまった。着かざった、あでやかな、優雅な年長の貴夫人たちが王宮に出入りし、アルスラーンは、違和感と孤独感のなかに立ちすくむしかなかった。それが、ファランギースやアルフリードと会って変化し、エステルを知って、幼い日によく遊んだ少女たちと再会できたような気がしたのだ。異国の少女に、アルスラーンは、できるだけのことをしてやりたかった。

エステルも、かたくなな心情に変化を生じさせていた。

とにかく、いまは死ぬことや報復することは考えないでおこう。エステルにとって、だいじなことは、汚れ傷つき自分の身を守ることもできない二十人の同胞を、多勢の仲間のもとへ送りとどけることだった。何千もの、それ以上もの遺体が穴に並べられ、土がかけられる光景を見て、エステルは思ったのだ。これ以上、人が死ぬことはない。すくなくとも、騎士ではない人々、武器を持たない人々が死ぬことはないと思った。ただ、彼女の思いがいまひとつまとまりを欠いて、具体的にどうしたらよいかわからないでいるとき、牛車を用意してくれたのはパルスの王太子であり、さまざまに助言してくれたのは、夜色の長い髪と緑の瞳をした美しい異教の女神官《カーヒーナ》であった。彼女が異教の聖職者であることに、最初エステルは反発したが、妊婦《にんぷ》や赤ん坊を助けてもらったことには、やはり感謝せざるをえなかった。異教徒から受けたものでも恩は恩である。弱い者たちは置きざりにされれば死ぬしかないのだ。

「玉座には、それ自身の意思はない。座る者によって、それは正義の椅子にもなるし、悪虐の席にもなる。神ならぬ人間が政事《まつりごと》をおこなう以上、完璧であることもないが、それに近づこうとする努力をおこたれば、誰もとめる者がないままに、王は悪への坂を転げ落ちるであろう。王太子殿下はいつも努力しておられる。そのことが、つかえる者の目には明らかなのだ。かけがえのないお方と思うゆえに、みな喜んでつかえておる」

なぜ、まだ少年の王太子に忠実につかえているのか。そうエステルが問うたとき、ファランギースは、そう答えたのだった。いっぽう、きらいなパルスの言葉をなぜ習得したのか、と問われたエステルの答えはこうである。

「わたくしがパルス語を習得したのは、ルシタニアの、お国の役に立ちたいからだ。パルス語がわかれば、お前たち異教徒が何をたくらんでいるか、すぐ判断できる。いざとなれば、お前たちの作戦や計略を、味方に知らせてもやれるのだからな。せいぜい気をつけるがよいぞ」

ことさらのように、そんな憎まれ口をたたくのだった。なれあってたまるものか、と意地をはっているようである。

「にくったらしい娘《こ》だね。そうもパルス人をきらいなら、ついてくることなんかないのにさ」

アルフリードなどは、最初そう吐きすてていたが、毎日、弱い者のためにがんばっているエステルの姿を見ていると、放っておけなくなったらしい。もともと情にあつい娘だから、口では何のかのと言いながら、何かとエステルを手伝ってやるようになった。

「ああ、見ちゃいられないね。赤ん坊はこう抱くんだよ。ほら、抱く者もゆっくり身体《からだ》を揺らしたら、安心して落ちつくだろ」

ゾット族の村で、小さな子供たちの世話をしてやったことが、アルフリードにはあるのだった。

「ほら、坊や、泣くのをおやめ。そんな弱虫じゃ、りっぱな盗賊になれないよ」

「とんでもない！　この子はりっぱなルシタニアの騎士になるのだ。盗賊などになられてたまるものか」

「騎士になるんだったら弱虫でいいのかい」

「そんなことを言うてはおらぬ」

やりあうふたりの少女を見やって、年長のファランギースはくすくす笑う。

「おぬしらを見ていると、飽きぬのう」

それは翻訳すると、「仲の良いことじゃな」という意味なのだった。

V

天空を切り裂くように、鷹《シャヒーン》が舞っている。目が痛くなるほどの蒼穹《そうきゅう》を、雲をつかむかのように上昇し、一転すると、山なみの彼方《かなた》へと降下していった。

「やあ、いい鷹だ」

ゾット族の若者が感歎した。名をメルレインという十九歳の若者は、異国マルヤムから内海を渡ってきたイリーナ内親王の一行とともに、公路を避けて旅をつづけている。

メルレインは知らなかった。その鷹《シャヒーン》が告死天使《アズライール》という名を持っていること、舞いおりていった山嶺《さんれい》の向こうにパルス軍がおり、彼の妹がルシタニア人の赤ん坊をあやしていることなどを。

マルヤム人たちの旅は、蝸牛《かたつむり》と仲よくなれるであろうほど遅れがちであった。大陸公路に出て早く進むべきだ、とメルレインに対して不平を鳴らす者もいた。

「ルシタニア軍に見つかってよいならそうするさ」

メルレインは突き放したのだった。だいたい、旅が遅れがちであるのは、マルヤム人たちが馬を持っておらず、徒歩や輿《こし》に頼るしかないからである。よけいな荷物もかかえているし、身分の高い者は歩きなれず、ちょっと歩いては休みたがる。旅の遅れをメルレインのせいにされてはたまらない。

「メルレインどのには、ほんとうに感謝しております。ヒルメスさまにお目にかかれたら、かならずあつくお礼をさせていただきます」

盲目のマルヤムの内親王が、あるとき、そう言ってくれた。

「べつに謝礼がほしくてやっているわけではない。あんたをヒルメスとかいう奴のもとへ送りつけたら、おれは妹を捜しだして村へ帰る」

むっつりと不機嫌に、メルレインはそう答える。べつに不機嫌ではないのだが、他人の目からそう見えるのが、この若者の損なところだ。

自分は何をしているのやら、と、メルレインは思うことがある。ほんとうなら、異国の内親王を想い人のもとへ案内するより先に、行方の知れない妹を捜しだして村へつれ帰り、ゾット族の族長後継問題を解決しなくてはならないのだ。それなのに、まったく、おれは何をしているのだろう。

イリーナ内親王に対して、あこがれのようなものがあることは確かだ。おてんばな妹とはえらいちがいだぜ、と思ってしまう。

だが、惚れているというのとは、すこしちがう。放っておくわけにはいかないじゃないか、と、メルレインは思うのだ。ダイラム地方で会った片目の男は、そう決めつけていたようだが、それは見かたが浅いというものさ、と、メルレインは考えている。もっとも、自分の心が自分に一番わかるとはかぎらないのだが。

あの片目の男は、いまごろどこを旅しているのかな、と思いつつ、メルレインは空の高みを遠く見あげたのだった。

パルスの万騎長《マルズバーン》であった片目のクバードは、メルレインと別れた後、太陽がのぼる方角へと旅をつづけていた。

ダルバンド内海の南岸からそれにほど近い山岳部をクバードは騎行して、ときどき、後日の伝説の素材となるような冒険を経験したが、彼自身にとっては腹ごなしの運動でしかなかった。人に会えば、「ほらふきクバード」らしい話をしてみせたことだろうが。

ところが、そのときすでにアルスラーンはペシャワール城を進発した後であった。中書令《サトライプ》のルーシャン以下、留守の人々とは、クバードはほとんど面識がない。むろん名誉ある十二万騎長《マルズバーン》の一員として、クバードの勇名はとどろいているが、それをいいことに留守宅にいすわるのも、いまひとつ落ちつかない。

「こいつは、ひょっとして、アルスラーン王子とは縁がないということかな」

クバードは小首をかしげた。彼が南へ山ごえして大陸公路に出ていれば、ほどなくアルスラーンらに遭遇できたにちがいない。だが、そうしなかったので、すれちがいになってしまったのだ。

「まあいい、べつに時間の制限があるわけではないしな。旅費もたっぷりあるし、今度は西へ行ってみるさ」

未練なく、彼はペシャワール城の手前で引き返し、今度は大陸公路に道をとった。ペシャワールに美女がいる見こみは薄い、と思ったのかもしれない。

同じころ、ひとり馬を駆ってパルス国内を旅している男がいる。この男はクバードとは逆に、アルスラーン軍から分かれて単独行をしているのだった。赤紫色の髪と紺色の瞳を持つ旅の楽士は、聖《サン》マヌエル城で人知れず遠矢の神技をしめした後、馬首の向きを変えた。

彼がめざしたのは、魔の山デマヴァントである。アルスラーンがこの山を気にしていたことを思い出し、彼自身も興味があったのだ。そして彼が西から東へととった道すじも、いまやルシタニア軍が一掃された大陸公路であった。

さらにまた、アルスラーン軍と出会わぬよう配慮しつつ、百騎ほどの小さな集団でパルスの野を走る男がいる。銀仮面をかぶった騎士であった。パルスの正統な王位継承者を自任するこの男は、暗灰色の衣を着た魔道士にそそのかされ、建国の始祖カイ・ホスローの墓所へ向かっている。宝剣ルクナバードをわがものとし、正統の国王《シャーオ》たるあかしをパルス全土にしめそうというのであった。

彼にしたがって馬を駆るザンデは、銀仮面卿に忠誠を誓いつつも、今度のやりように、いささか疑問を持っている。何も伝説の剣などに頼ることはない。ヒルメス殿下はまちがいなくパルスの正統の王位継承者なのだ。たしかにアルスラーンとくらべて現在の勢力は弱いが、だとしたら思いきった策《て》をうてばよいではないか。たとえば、ルシタニアの王弟ギスカールと一対一で会ったとき、剣を突きつけて人質にするとか。

だが口には出さず、ザンデはヒルメスにしたがって馬を駆りつづける。自分が考えたことを実行にうつした者がいるということを知る由もなく。

このように、パルス国内では、人間世界を織りなす無数の糸が張りめぐらされ、それにつながれた人々が、おのおの糸をたぐりよせたり、もつれあわせたりしているのだった。すべての糸がほどけて、人々がいるべき場所に腰を落ちつけ、理想的な織物が織りあがるまで、まだ時間がかかりそうであった。

いや、織りあがるとはかぎらない。また、その織物は、できあがるまでに、糸をさぞ紅く染めることになるのであろう。

VI

パルス三百余年の王都であり、現在ルシタニアの占領下にあるエクバターナは、表面いたって平穏に見える。市場《バザール》が開かれ、パルス人とルシタニア人とが反目しあいつつも、それなりに秩序をたもって、売ったり買ったり、飲んだり食べたり、歌ったり騒いだりしている。ルシタニア人は、武力をかさにきて、ひどい値ぎりかたをするが、パルス人のほうでも最初から高い値をつけて侵略者の手先どもにすこしでも損をさせようとかまえているのだから、なかなかいい勝負である。

だが、王宮を中心とした一角では、ルシタニア人の下っぱやパルス人には想像もつかぬ暗雲が遠雷をとどろかせていたのだ。

廷臣も騎士も兵士も、顔を青ざめさせていない者はなかった。王弟ギスカール殿下が人質とされたのだ。しかも王弟を人質としたのは、地下牢《ディーマース》から脱走したパルス国王《シャーオ》アンドラゴラスなのである。いま王宮内の塔のひとつがアンドラゴラスに占拠され、そこに王弟ギスカールも幽閉されているのだった。

「アンドラゴラスめを殺しておくべきであった。そうすれば今日の患《わずら》いはなかったのだ。

この件に関するかぎり、大司教ボダンの強硬意見が正しかったわ」

モンフェラートが吐息したが、悔いてもおよばぬことであった。

それにしても、アンドラゴラス王の強剛は、ルシタニア人たちの想像を絶していた。半年以上も鎖につながれ、拷問を受けつづけていたとは、とうてい信じられぬ。アンドラゴラスがたてこもった部屋の扉まで、流血の道が形づくられているのだ。名ある騎士だけで十人以上が斬られ、その他の兵士にいたっては、かぞえる気にもなれないほど、豪剣の犠牲となっている。

「アトロパテネで黒衣のパルス騎士を見たとき、あれほどの勇者はまたとあるまじと思うたが、アンドラゴラスはあの黒衣の騎士にまさるとも劣らぬわ」

ぞっとしたようにボードワンが額の汗をふいた。むろん、アンドラゴラスがほとんどただひとりで王宮の一角を占拠することができたのは、彼の武勇もさることながら、王弟ギスカールを人質にしていたためであった。ルシタニア軍は弓箭兵を用意したが、王弟にあたることをおそれて矢を放てなかったのである。

強行突入すれば、アンドラゴラス王はギスカール公を殺すであろう。そのための人質であるから当然である。ルシタニアの国柱《こくちゅう》は、国王でなく王弟であることを、誰もが知っていた。ギスカールが殺されれば、アルスラーン軍の来襲を待つまでもなく、ルシタニア軍は瓦壊《がかい》する。ボードワンもモンフェラートも、実戦の武将としてはともかく、政治的な指導者としては、ギスカールに遠くおよばない。

たとえアンドラゴラスを包囲して、剣と矢とでなぶり殺しにしたとしても、その前にギスカールが殺されてしまえば、どうしようもない。国王イノケンティス七世が健在でも、何の役にも立ちはしないのだ。

「いっそのこと、王弟殿下ではなく役たたずの国王こそが人質になればよかったのだ。それならどんな策《て》でも打てたものを」

歯ぎしりしてそうつぶやき、あわてて冗談にまぎらわす者もいる。いちいちとがめる者はいなかったが、そのつぶやきが本心であることは、あらゆる人間が知っていた。

モンフェラートとボードワンの両将軍は、一策を案じ、「役たたずの国王」の居室へ談判に押しかけた。

「国王陛下、タハミーネなる女をお引き渡しください。かの女をこちらの人質として、アンドラゴラスめと交渉し、王弟殿下をお助け申しあげますれば」

モンフェラートはそう国王イノケンティス七世に詰め寄った。国王は青から赤へ、赤から青へと顔色を変色させ、最後に紫色になった。心の動揺がそのまま顔にあらわれたのだが、かたくなな姿勢はくずさなかった。タハミーネを人質にするなど神がお許しにならぬ、と言いはって譲ろうとせぬ。

たまりかねたモンフェラートが声を高めようとしたとき、ボードワンが血相を変えて身を乗り出した。

「そもそもの最初に、私どもが陛下に申しあげたはずでござる。タハミーネなる女は不祥《ふしよう》の者である、と。すんだことは致しかたござらぬが、いま、弟君と異教徒の女と、陛下にとってはいずれがだいじでござるか！」

さすがにイノケンティス王が反論につまったとき、ふわりと芳香が流れ、光の粉が三人の男の間をただよった。六個の目が、同じ方角に向かい、同じ人影を注視した。

隣室につづく扉口《とぐち》に、パルスの王妃タハミーネがたたずんでいた。

「国王陛下、このタハミーネ、陛下のご慈愛に対して報いさせていただきとうございます。敗れた国の王妃たる身、いかようにむごいあつかいを受けようと致しかたございませんのに、客人《まれびと》のようにあつかっていただきました」

それが前置きであった。年齢不明の妖《あや》しい美しさをたたえたパルスの王妃は、地下牢《ディーマース》を脱出した夫を説得して、事を平和のうちにおさめると申し出たのである。

イノケンティス七世の表情が大きく揺れるのを見て、ボードワン将軍が色をなした。

「へ、陛下、この女にたぶらかされてはなりませんぞ。自由の身でアンドラゴラスのもとへやったりすれば、夫婦して何をたくらむやら知れたものではござらぬ」

「口をつつしめ、ボードワン！」

国王の声は鋭く甲高く、ふたりの将軍は、鼓膜《こまく》を針で突かれるような思いがした。

「そのような猜疑《さいぎ》は卑《いや》しかろうぞ。か弱い女が、血に飢えた暴虐な夫のもとへおもむいて、道理を説《と》き、事態を解決してくれようというのだ。神も照覧《しょうらん》あれ。タハミーネの健気さに予は感涙を禁じえぬ。とめたいがとめてはならぬことと思うゆえ、あえてとめぬ。将軍たちも予の心の痛みを知ってくれ」

言い終えぬうちに、イノケンティス王は両眼から涙の滝を流しはじめている。

主君に対して深く頭をさげながら、モンフェラートとボードワンは共通した絶望のつぶやきを心に発していた。だめだ、これは、もうどうにもならぬ、と。

だが、とにかくこうして、亡びた国の王と王妃は再会したのである。


「元気そうで何よりだ、タハミーネ、わが妻よ」

アンドラゴラス王の声を受けて、タハミーネは部屋の中央に歩み寄った。わずかな足音もたてなかった。紗《しゃ》の上着が灯火に反射した。

「バダフシャーン公の手からそなたを奪って、もう幾年になる？　その間、そなたが予を愛したことは一度もなかった。ひとたび心を閉ざせば、開くということを知らぬ女だ」

国王《シャーオ》の全身から酒精の匂いが発散されていた。葡萄酒《ナビード》を半年ぶりに飲んだだけでなく、傷口を酒で洗ったからである。髪が伸びほうだいの頭は冑をかぶっていないが、甲《よろい》は着こんでいた。これらの品々は、すべてルシタニア人に要求して取りよせたものである。王弟ギスカールをとらえられている以上、たいていの要求を、ルシタニアがわは呑まざるをえなかった。

「わたしは、ただわたしの子を愛しんでいただけでございます」

タハミーネの声は低く、それは室内の気温すら低めるように思われた。

「子を愛しむのは母として当然のことだな」

誠意を欠く夫の返答に、ふいにタハミーネは激した。声の調子がはねあがった。

「さあ、わたしの子を返して下さいまし。わたしの子を返して！　あなたが奪ったわたしの子を返して……！」

妻の激情を無視して、国王は、あらぬかたを見やった。

「ルシタニア人や拷問吏から聞いたところでは、アルスラーンが東方ペシャワールにおいて兵をおこし、エクバターナめがけて進軍しつつあるそうな。アルスラーンの父たる予と母たるそなたにとって、まことに吉き報《よしら》せではないか」

アルスラーンの名は、タハミーネにとって何ら温かみをもたらすものではなかったようだ。激情は、それがやってきたときと同じく、急に去ってしまった。絹の国《セリカ》の白磁にきざまれたようなタハミーネの顔に、表情の揺らぎはなかった。灯を受けた紗の上着は、王妃のなめらかな肌の外側で、蛍を織りこんだような光をちらつかせていて、血なまぐさい夫のよそおいとは対照的であった。

「時間はたっぷりある」

アンドラゴラスは、背もたれのない椅子に腰をおろし、剣環と甲冑のひびきで室内を満たした。

「タハミーネよ、そなたをわがものとするのにも時間をかけた。そなたの心をわがものとするのには十数年もかけて未だに成功せぬ。そしてアトロパテネで敗れてより、こうやってそなたと再会するにも時間が必要であった。待つには慣れておる。ゆっくり待とうではないか」

アンドラゴラス王は笑った。その笑声は遠雷のとどろきに似ていた。

広い部屋の隅では、復活した国王《シャーオ》の忠実な僕と化した拷問吏たちが、アンドラゴラスの最大の武器を見はっていた。虜囚《りよしゆう》の屈辱に身をたぎらせつつ、なす術もなく鎖につながれた、ついさっきまでの征服者を。

ルシタニアの王弟ギスカール公を。

王都エクバターナで生じた奇怪なできごとを、西征途上にあるアルスラーンたちが知るはずもなかった。

五月のうちにルシタニア軍の二城を抜いて城守を倒し、戦果はパルス全土に伝わりつつある。大陸公路は勝利に直結する道であるように思われた。

一ファルサング（約五キロ）を進むごとに馳《は》せ参じる味方が増えた。まことに皮肉なことに、そのなかにはまだクバードの雄姿は見られなかったのである。

「味方が増えるのはいいことだが、軍師どのは何かと頭が痛かろう」

黒衣の騎士ダリューンがからかうと、にこりともせずナルサスは答えた。

「世の中には、弁当も持たず野遊びに参加しようという輩《やから》が多すぎる。こまったものだ」

ふたりの会話を聞きながら、アルスラーンは笑っていた。彼はこの先、さらに大きくさらに厚い壁に直面することになるのだが、このときはそれを知る術もなかった。

五月末日。ルシタニア人たちの牛車で、生命の讃歌《さんか》がにぎやかにひびきわたった。妊婦が赤ん坊を出産したのだ。妊婦は体力も弱っており、母子ともに生命が危うかったが、出産を手だすけしたファランギースとアルフリードによって、赤ん坊は無事に産みおとされた。

「元気な男の子じゃ。どのような神を信じるのであれ、人々の慈《いつくし》みが、この子の道を光で照らすように」

ファランギースは微笑すると、粗末な、できあいの産着《うぶぎ》にくるんだ赤ん坊をエステルにだかせた。

エステルの目から涙がこぼれた。むろん怒りや悲しみの涙ではなかった。無数の悲惨な死が積みかさねられた末に、ひとつの誕生がおとずれた。その事実が、国や宗教がつくる茨《いばら》の枠《わく》をこえて、騎士見習の少女の心をゆさぶったのである。

アルスラーンと彼の軍は、王都エクバターナへの道を、すでに三分の一、踏破していた。

……そのころ、パルス北方の広大な草原地帯に、戦乱の雲がおこり、色濃さをましつつ南へと展《ひろ》がりはじめていた。

草原の覇者とよばれるトゥラーン王国である。大陸公路の王者たるパルスとは、積年の敵国どうしであった。

解説

日下《くさか》三蔵《さんぞう》
（文芸評論家）

本書『汗血公路』は、田中芳樹の大河ヒロイック・ファンタジー〈アルスラーン戦記〉の第四巻である。シリーズものをいきなり四巻から読み始める人はいないと思うが、この光文社文庫版で初めて〈アルスラーン戦記〉に出会って夢中で読んでいるという読者の中には、このシリーズがどのように書き継がれ、どういう意味合いを持った作品なのか、よくご存じない方もおられるだろう。

田中芳樹は一九八二年から八七年にかけて、国産スペース・オペラの傑作『銀河英雄伝説』（全十巻）を徳間ノベルズから刊行している（現在は外伝五巻と共に創元SF文庫に収録）。〈銀英伝〉の愛称で親しまれているこの作品は、スタートこそ地味だったが、口コミで若い読者の支持を得て、終盤の四冊が刊行された八六、八七年には、かなりの注目を集めていた。本編の完結後にスタートしたOVAシリーズの高評価と相俟って〈銀英伝〉はロングセラーとなり、現在では著者の代表作というだけでなく、エンターテインメントの「新しい古典」としての地位を確立している。

八六年に角川文庫で刊行が始まった〈アルスラーン戦記〉は、そんな田中芳樹の二番目のシリーズ作品である。当初は角川書店からの執筆依頼も「スペースオペラを」という注文だったが、それは〈銀英伝〉でやりつくしたから他のものが書きたい、という著者の強い意向でヒロイック・ファンタジーになった。

角川文庫版の刊行データは、以下の通り。

1	王都炎上	86年8月25日
2	王子二人	87年3月25日
3	落日悲歌	87年9月25日
4	汗血公路	88年8月25日
5	征馬孤影	89年3月5日
6	風塵乱舞	89年9月25日
7	王都奪還	90年3月25日
8	仮面兵団	91年12月10日
9	旌旗流転	92年7月20日

10　妖雲群行　99年12月1日

五章から成る章タイトルのうちに、ひとつ漢字四文字のものがあり、それがその巻の表題になる、という洒落《しゃれ》た趣向で統一されている。作者が角川文庫版『王子二人』の「あとがき」で「こんなやりかたをつづければ、たちまち苦しくなることは、わかりきっているのですが、自分の首をしめる楽しみも、世のなかにはあるそうですので」と述べているように、書く方にしてみればなんとも厳しい制約だが、こうした小見出しひとつおろそかにしない凝りようこそ、戯作者の面目躍如というべきだろう。

ちなみにこの角川文庫版『王子二人』の「あとがき」では、続刊のタイトルとして『汗血公路』『王都奪還』『蛇王再臨』が予告されている。アルスラーンが王都エクバターナを奪還し、第十九代パルス国王に即位する第七巻『王都奪還』までが第一部だ。国王としての戦いを描いた後半戦の第二部が三冊まで刊行されたところで、〈アルスラーン戦記〉は版元を光文社に移すことになる。

1・2　王都炎上・王子二人　03年2月25日
3・4　落日悲歌・汗血公路　03年5月25日

5・6　征馬孤影・風塵乱舞　03年8月25日
7・8　王都奪還・仮面兵団　03年11月25日
9・10　旌旗流転・妖雲群行　04年2月25日
11　魔軍襲来　05年9月25日
12　暗黒神殿　06年12月10日
13　蛇王再臨　08年10月10日

既刊が二冊ずつの合本として新書判のカッパ・ノベルスで再刊され、新作がそのままカッパ・ノベルスから三冊刊行された（二〇一三年五月現在）。本書は、これらがさらに一冊ずつ光文社文庫に収められた四巻目に当たるわけだ。

最初期には全十～十五巻、第一部完結の頃には一部二部ともに七巻の全十四巻という構成が予告されていたが、話の流れからいって、次巻で完結ということはないはずだ。しかし、作者がくりかえし「エンドレスの物語ではない」と述べているように、結末は決まっており、ストーリーがクライマックスにさしかかっていることは間違いないから、十六～十八巻で完結するものと思われる。角川文庫版からの二十年越しの読者も、カッパ・ノベルス版からの読者も、最終巻が読める日を待ち望んでいる。もちろん、この光文社文庫版からの読者も、既刊を追いかけているうちにその仲間入りをするだろう。筆者も愛読者の一人として、大団円に向けた続刊に大いに期待したい。

〈アルスラーン戦記〉の角川文庫版は「ヒロイック・スペクタクル・ロマン」「ヒロイック大河ロマン」などと銘打たれていて、「ヒロイック・ファンタジー」という呼称は使われていなかった。これは「ファンタジー」とつけると売れないから、という版元からの要望によるものだというが、いまとなっては隔世の感がある。

日本人作家の手によるヒロイック・ファンタジーは、高千穂《たかちほ》遙《はるか》〈美獣〉シリーズが七八年、栗本薫《くりもとかおる》〈グイン・サーガ〉シリーズが七九年に、それぞれスタートしているが、前者がようやく単行本化されたのが八五年のことであり、〈アルスラーン戦記〉が始まった八六年の時点で、角川書店の担当者がファンタジーという呼称を回避したのも無理からぬところであった。

八六年にはファミコン用のソフトとして「ドラゴンクエスト」の第一作が発売されており、こうしたゲームのヒットや、ファンタジーゲームブックの流行、その流れを受けて角川文庫がしばしば行ったファンタジーフェアなどによって、若者のあいだに「ファンタジー」という形式は瞬《またた》く間に浸透していった。

角川文庫からは水野《みずの》良《りょう》〈ロードス島戦記〉シリーズというヒット作が生まれ、八九年にはマンガ家やアニメーターがイラストを担当する若者向けのレーベル「スニーカー文庫」が独立する。富士見書房からは雑誌「ドラゴンマガジン」と新レーベル「富士見ファンタジア文庫」が創刊され、大陸書房からもファンタジー作品をメインにした「大陸ノベルス」が発刊された。ひかわ玲子《れいこ》、竹河聖《たけかわせい》、茅田砂胡《かやたすなこ》、五代《ごだい》ゆう、深沢美潮《ふかざわみしお》、神坂一《かんざかはじめ》といった書き手が次々と現れて、九〇年代前半にはファンタジーは一大ブームとなる。このブームが核となって生まれたレーベルが発展して、現在のライトノベルになっているのだ（現在のライトノベルは多様化して、学園もの、恋愛もの、ミステリなどもあるが、ファンタジー要素のある作品が主流であることに変わりはない。ライトノベル勃興期には、刊行作品の大半がファンタジーとアニメノベライズで占められていた）。

つまり、この〈アルスラーン戦記〉は、間違いなくファンタジーブームの、ひいてはライトノベル隆盛の下地を作った作品のひとつなのである。そうした歴史的位置付けを持つ小説が、初刊から二十数年が経過した時点でも、現役のエンターテインメント作品として読まれているというのは驚異的なことだ。

理由は単純明快で「面白いから」の一言に尽きるわけだが、大多数の娯楽作品が時間の経過とともに古びていく中で、田中作品がわずかな例外たりえているのは何故だろうか。

それは田中芳樹が「歴史を描く作家」だからではないか。

作者が得意とする中国歴史ものはともかく、〈アルスラーン戦記〉はどう見てもファンタジーでしょう、という人もいるだろう。では「歴史小説の手法」でファンタジーを描いている、といえばお分かりいただけるだろうか。作者が想像して創りあげた架空の世界であっても、キャラクターたちが織り成すダイナミックなドラマは、その世界の歴史を体感する面白さに他ならない。作中に年表が挿入されたり、後の歴史家の視点の記述があったりするのは、これが著者の言う「架空歴史小説」だからである。

というか、前作の『銀河英雄伝説』も、宇宙を舞台にしてはいるが、雄大な歴史の流れを描いた一大叙事詩であった。作者自身もインタビューで、「ぼくの場合、『銀英伝』で、自分は架空歴史小説というものを書いていきたいんだ、とわかったんです。だから『アルスラーン戦記』では、宇宙から地上に舞台が移っただけ、要するに空間的・時間的な移動があるだけでね。本質的なところまでは変わってないと思うんです」と述べている。

この「架空歴史小説」というスタイルには先例があって、国産ＳＦの黎明期から活躍した光《みつ》瀬《せ》龍《りゅう》の宇宙ものが、まさにそれ。「墓碑銘２００７年」「宇宙救助隊２１８０年」「カナン５１００年」など、タイトルに年号が冠された光瀬ＳＦは宇宙年代記ものと呼ばれ、はるか未来の歴史家ユイ・アフテングリの著した「星間文明史」からの引用が、しばしば挿入される。これは田中芳樹の『銀河英雄伝説』の方法論と同じである。そういえば光瀬龍も、後にSFではない時代小説を得意としていた。

もちろん、このスタイルならば誰にでも古びない小説が書けるか、というと、そうではない。何もないところに一からストーリーを紡いでいくわけだから、そのさじ加減が作品の味わいのすべてを決めることは当然である。田中芳樹の場合、描かれるストーリーは王道そのもの。古今東西の「面白い物語」のエッセンスを濃縮したようなキャラクター造形、展開が、読みやすく格調高い文章で語られていく。お馴染みのパターンが多用される安心感と、それでいて読者の予想を裏切りつづける展開の妙。両者を同時に成立させられるところに田中芳樹の最大の特徴がある。まさに天性の物語作家というべきだろう。

田中芳樹と同じ時代に生まれあわせた幸運を噛みしめながら、その作品をたっぷりと楽しんでいただきたいと思う。

●一九八八年八月　角川文庫刊
●二〇〇三年五月　カッパ・ノベルス刊（第三巻『落日悲歌』との合本）

光文社文庫

汗《かん》血《けつ》公《こう》路《ろ》　アルスラーン戦記《せんき》④

著者　田《た》中《なか》芳《よし》樹《き》

2013年6月20日　初版1刷発行
2015年2月20日　5刷発行

発行者　鈴木広和
印刷　豊国印刷
製本　ナショナル製本

発行所　株式会社　光文社
〒112-8011　東京都文京区音羽1-16-6
電話　(03)5395-8149　編集部
8116　書籍販売部
8125　業務部

ISBN978-4-334-76581-1　Printed in Japan

組版　豊国印刷

お願い　光文社文庫をお読みになって、いかがでございましたか。「読後の感想」を編集部あてに、ぜひお送りください。

このほか光文社文庫では、どんな本をお読みになりましたか。これから、どういう本をご希望ですか。どの本も、誤植がないようつとめていますが、もしお気づきの点がございましたら、お教えください。ご職業、ご年齢などもお書きそえいただければ幸いです。当社の規定により本来の目的以外に使用せず、大切に扱わせていただきます。

光文社文庫編集部

◇◇◇◇◇◇◇◇◇◇◇光文社文庫 好評既刊◇◇◇◇◇◇◇◇◇◇◇

王都炎上 田中芳樹
王子二人 田中芳樹
落日悲歌 田中芳樹
汗血公路 田中芳樹
征馬孤影 田中芳樹
風塵乱舞 田中芳樹
王都奪還 田中芳樹
女王陛下のえんま帳 田中芳樹 垣野内成美 らいとすたっふ編
嫌妻権（新装版） 田辺聖子
スノーホワイト 谷村志穂
娘に語る祖国 つかこうへい
ペガサスと一角獣薬局 柄刀一
ifの迷宮 柄刀一
翼のある依頼人 柄刀一
いつか、一緒にパリに行こう 辻仁成
マダムと奥様 辻仁成
愛をください 辻仁成

人は思い出にのみ嫉妬する 辻仁成
日本・マラソン列車殺人号 辻真先
青空のルーレット 辻内智貴
セイジ 辻内智貴
サクラ咲く 辻村深月
盲目の鴉（新装版） 土屋隆夫
悪意銀行 ユーモア篇 都筑道夫
暗殺教程 アクション篇 都筑道夫
翔び去りしものの伝説 SF篇 都筑道夫
三重露出 パロディ篇 都筑道夫
探偵は眠らない ハードボイルド篇 都筑道夫
魔海風雲録 時代篇 都筑道夫
女を逃すな 初期作品集 都筑道夫
アンチェルの蝶 遠田潤子
文化としての数学 遠山啓
指哭 鳥羽亮
赤の連鎖 鳥羽亮

ミステリー文学資料館編 傑作群

ユーモアミステリー傑作選 犯人は秘かに笑う

江戸川乱歩の推理教室

江戸川乱歩の推理試験

シャーロック・ホームズに愛をこめて

シャーロック・ホームズに再び愛をこめて

江戸川乱歩に愛をこめて

悪魔黙示録「新青年」一九三八
〈探偵小説暗黒の時代へ〉

「宝石」一九五〇 牟家《ムウチャア》殺人事件
〈探偵小説傑作集〉

幻の名探偵
〈傑作アンソロジー〉

麺'sミステリー倶楽部
〈傑作推理小説集〉

古書ミステリー倶楽部
〈傑作推理小説集〉

日本ペンクラブ編　名作アンソロジー

唯川　恵　選
こんなにも恋はせつない
〈恋愛小説アンソロジー〉

江國香織　選
ただならぬ午睡
〈恋愛小説アンソロジー〉

浅田次郎　選
人恋しい雨の夜に
〈せつない小説アンソロジー〉

光文社文庫

不滅の名探偵、完全新訳で甦る！

新訳 アーサー・コナン・ドイル

シャーロック・ホームズ全集〈全9巻〉

THE COMPLETE SHERLOCK HOLMES
Sir Arthur Conan Doyle

シャーロック・ホームズの冒険

シャーロック・ホームズの回想

緋色の研究

シャーロック・ホームズの生還

四つの署名

シャーロック・ホームズ最後の挨拶

バスカヴィル家の犬

シャーロック・ホームズの事件簿

恐怖の谷

*

日暮雅通＝訳

光文社文庫